KB213203

어른의 문장들

어른의 문장들

박산호

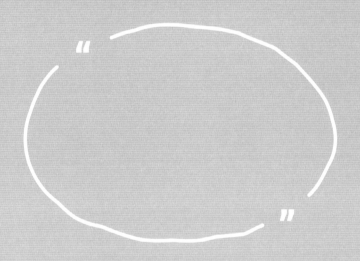

흔들리는 이들에게 보내는
다정하지만 단단한 말들

샘터

°
추천의 글

○

 항상 두 마음이 있었다. "어른이 별건가"와 "나는 제대로 된 어른이 될 수 있을까." 두 질문을 해결하지 못한 채 마흔을 건너왔는데,《어른의 문장들》을 읽고 나니 어쩐지 마음이 가벼워졌다. 어른이라는 두 글자 옆에도 여전히 중요한 마음들이 있다. 사랑, 다정, 공감, 열의. 내가 무엇을 좋아하는지 정확히 알고 타인의 마음을 먼저 헤아리는 사람이 어른이라면, 나도 되고 싶어졌다. 망설이는 어른, 기꺼이 감당하는 어른, 곁을 살피는 어른, 자주 감동하는 어른. 박산호 작가가 펼쳐준 어른의 모습에 기대어 잘 살고 싶어졌다.

엄지혜 (작가,《태도의 말들》 저자)

○

　박산호 작가를 처음 알게 된 건, 우연히 본 페이스북 글 덕분이었다. 짧은 글이었지만 오래 마음에 남았다. 살면서 직접 부딪히고 넘어지며 얻은 경험이 묻어 있었기 때문이다. 글을 통해 알게 된 게 전부였지만, 이후로 작가의 글을 따라 읽으며 생각했다. "아, 이런 어른의 말이라면 계속 듣고 싶다." 요즘 세대는 꼰대의 훈계가 아니라, 진짜 삶을 통과해 본 사람의 이야기를 듣고 싶어 한다. 우리가 듣고 싶은 건 해답이 아니라, 넘어지면서도 다시 배우려는 사람의 목소리다.

　《어른의 문장들》은 저자가 삶의 비탈길과 느린 시간 속에서 길어 올린 태도의 기술서다. 실수하는 법, 경계 긋는 법, 공감하는 법, 매일을 조금 더 단단하고, 조금 더 우아하게 살아가는 법. '어른'이라는 단어에 지친 이들에게 겉핥기 위로가 아니라, 일상에 스며드는 실질적인 조언을 건네는 책이다.

완성된 어른이 아니라, 실수하고 다시 배우려는 한 사람의 기록. 이 책을 통해 더 많은 이들이 '좋은 어른'의 문장을 품게 되기를 바란다.

이승희 (브랜드 마케터, 《기록의 쓸모》·《질문 있는 사람》 저자)

°

프롤로그

오늘도 좋은 어른이 되려
노력하는 이들에게

○

2024년 가을, 《어른에게도 어른이 필요하다》가 나왔던 출판사에서 메일이 한 통 왔다. 인세 보고를 할 때가 아닌데 어쩐 일인가 싶어 읽어보고 복잡한 마음이 들었다. 2018년 가을에 처음 세상에 빛을 본 이 책을 절판시키겠다는 내용이었다. 나의 첫 에세이이자 '좋은 어른'이란 어떤 사람인가에 대해 독자들과 많은 이야기를 나누고 공감할 수 있었던 책이 더는 세상에 보이지 않는다고 생각하니 슬펐다. 아직 이 책을 보고 위로를 받을 수 있는 사람이 어딘가에 더 있을 것 같은데, 어쩌면 어른의 시대는 이제부터 시작일지도 모르는데. 이렇게 끝나버리는 건가? 아쉽고 허전했고 애석했다.

그 무렵, 샘터 출판사가 이 책을 새롭게 내보고 싶다는 제안을 해왔다. 샘터란 이름을 듣는 순간 나도 모르게 속으로 할렐루야! 라고 외쳤다. 어렸을 때부터 우러러봤던 〈샘터〉라는 기품 있고 우아한 잡지를 만드는 출판사에서 이 어른 에세이를 눈여겨봐 주다니. 무엇보다 샘터와 어른의 조합은 더할 나위 없이 완벽하게 느껴졌다. 나는 어마어마하게 기쁜 마음으로 그 자리에서 수락했다.

그때부터 샘터 출판사의 유능하면서도 배려심이 유달리 돋보이는 이은주 편집자와 같이 원래 에세이의 내용을 다듬고, 그새 시대착오적으로 되어버린 내용과 표현을 덜어내고, 어른이라는 화두를 떠올릴 때 그동안 달라진 내 생각과 새롭게 독자들과 나누고 싶은 이야기들을 넣었다. 책이 처음 나왔을 때 40대 후반이었던 나는 이제 7년이란 세월을 보내면서 50대 초반이 됐고, 그때도 골골거렸던 몸은 예전보다 훨씬 더 쇠락의 기운을 느끼고 있으며, 어렸던 딸은 이제 20대 청년이 돼서 나의 든든한 기둥이 됐다. 7년 전에는 갈색 고양이 송이만 키우고 있었지만, 이제는 송이와 매일 아웅다웅하는 힘세고 성질 고약한 다섯 살 먹은 시바견 해피도 같이 살고 있다.

* * *

무엇보다 지난 7년 동안 나는 조금 더 어른의 삶에 깊숙이 들어가 삶이 내게 던진 시련과 괴로움을 온몸으로 겪으면서, 진정한 어른이란 어떤 사람인가에 대해 더 깊이 생각해 볼 수 있었다. 그리고 자연스럽게 더 많은 어른을 만났다. 닮고 싶고 저렇게 살고 싶다고 절로 다짐하게 되는 훌륭한 어른도 있었고, 나는 저렇게 늙지는 말아야지, 하고 진저리를 치게 된 추한 어른도 있었다. 나이는 나보다 어리지만 나를 부끄럽게 만들 정도로 성숙하고 올곧은 청년들을 보며 나보다 더 어른이라고 생각하게 된 경우도 제법 있었다. 그런 시간을 거치며 어른이란 고정되고 완성된 하나의 이상적인 존재가 아니라, 끊임없이 배우고 각성하고 성찰하며 만들어지는 가변적인 존재란 생각도 하게 됐다.

내가 생각하는 어른의 정의에 누구나 동의하는 것은 아닐 것이고, 각자가 생각하는 어른의 정의는 다 다를 것이다. 시간은 누구에게나 공평하게 흐르기에 인간이라면 누구나 노인이 되지만, 그렇다고 아무나 '어른'이 되진 않는 것 같다. 나도 이제는 오십이 넘었지만, 여전히 내가 어른이라는 이름에 걸맞게 행동하고 그에 어울리는 배려와 공감력과 다정함을 갖추고 있는지 돌아보면 그다지 자신이 없다. 어쩌면 우리는 죽을 때까지 실수하고 넘어지면서 단단한 내공을 지닌 어른이 되길, 기왕이면 멋지고 영감이 되는 어른이 되길 바라며 살아가는 게 아닐까.

＊＊＊

개정판을 준비하며 어른에 대해 참 많이 생각했다. 그리고 이 글을 쓸 수 있게 영감이 되어준 주위의 멋진 어른들에게 고마움을 느꼈다. 먼저 엄마에게 감사하다. 엄마는 나와 동생을 낳아서 키워주셨고 이제는 두 딸에게 노년의 삶이 어떤 것인지 생생하게 보여주신다. 나는 엄마처럼 정력적이고 부지런하게 후손과 지구를 위해 활약할 수 있을까. 엄마가 몹시 자랑스럽다. 그리고 두 권의 인터뷰 책을 쓰는 과정에서 멋진 어른들을 많이 만날 수 있어 감사했다. 세상과 사회가 정한 답이 아니라 자기만의 답을 따라 인생의 지도를 만들어 가며 그 과정에서 세상을 좀 더 이롭게 만드는 이들을 만나면서 세상에는 '멋진'이라는 형용사가 과하지도, 진부하지도 않은 사람들이 있다는 걸 알았다. 마지막으로 나이 들어가면서 점점 더 굳어지는 나의 편견과 무지를 매번 그 자리에서 단호하게 바로 잡아주는 슬기로운 딸에게도 고맙다는 말을 하고 싶다. 어른이란 나이를 초월해 현명하고 섬세하게 타인의 마음을 헤아리는 사람이라는 걸 딸에게서 배웠다.

요즘은 사회적으로나 정치적으로나 지극히 혼란스럽고, 경기는 구운 닭가슴살보다 더 퍽퍽하며, 도무지 답이 없어 보이는 이 난세에 우리를 위로하고 선명한 미래로 이끌어 줄 듬직한 어른은 좀처럼 보이지 않는 것 같다. 그래도 나는 여전히 느낌 좋은 어른, 기댈 수 있는 어른을 꿈꾸고, 나도 미약하게나마 그런 어른이 되고 싶다. 길에서 우는 아이에게 다가가 달래주고, 삶이 고단해 지친 길냥이에게 물을 챙겨주고, 오늘 내가 하는 말 한마디, 행동 하나가 누군가의 하루를 밝혀줄 수도, 혹은 악몽으로 만들 수도 있음을 의식하면서 좀 더 좋은 사람이 되려고 노력하는 어른이 더 많아지는 세상이 되길 나는 여전히 꿈꾼다. 거기에 이 한 권의 책이 보탬이 될 수 있다면 더없이 기쁠 것이다.

차례

/ 단단한 어른이
　　　되고 싶어서

5 다시 시작하는
어른의 시간

1

단단한
어른이
되고
싶어서

"넘어지지 않으려고 안간힘을 쓰기보다
넘어져도 될 순간과 안 될 순간을
구분하는 지혜를 기를 것.
그리고 그 과정을 즐길 수 있는
여유를 지닐 것.
그것이 어른이 되는 묘미란 걸
조금 알 것 같다."

○

유한한 인생,
어떻게 살아야 할까

항상 기억하렴,
무엇에 집중하느냐가 실제를 규정한다.

조지 루카스

○

　몇 년 전에 도쿄에 갔다. 교토는 두어 번 가봐서 무엇을 보고, 어디에서 묵고, 뭘 해야 할지 이제 대충 감이 잡혔는데 도쿄는 처음이라 막막했다. 그런 심정을 SNS에 토로했더니 SNS 친구들이 너도나도 길고 자상하게 댓글을 달아줬다. 그들이 추천한 곳만 가 봐도 3박 4일 일정이 꽉 찰 것 같았다. 결국 호텔부터 마음에 드는 곳을 예약해 놓고, 도쿄 여행 책을 한 권 사서 그 호텔을 중심으로 일정을 짰다.

　SNS 친구들이 추천한 장소와 여행 책에 나온 명소를 비교해 보고, 평소 궁금했거나 흥미로워서 가고 싶었던 곳들을 살펴보고, 거기다 같이 가는 10대 딸의 기호와 취향까지 고려하다 보니 일정을 짜는 일은 사정없이 난해해졌다. 여행이 끝나고 보니 처음 계획했던 방문 리스트의 3분의 2밖에 지우지 못했다. 도쿄는 교토와는 또 다른 매력이 있었고, 대도시에서만 볼 수 있는 우아하고 세련미 넘치는 공간이나 건물 들도 많았는데 미처 보지 못하고 떠나는 마음이 몹시 아쉬웠다.

　여행을 다녀온 후 가벼운 여독에 시달리며 며칠간의 꿈결

같은 시간을 그리워하다 문득 '여행은 삶의 축소판'이란 말이 떠올랐다. 진부하기 짝이 없는 비유지만 이번엔 또 다른 의미에서 절실하게 다가온 이유가 있었다. 내게 도쿄에서 꼭 봐야 할 곳을 추천해 준 친구들 중에 문구 덕후들은 알짜배기 문구점들을 권했고, 커피 마니아들은 요즘 도쿄에서 '핫한' 카페들을 일러줬다. 책 동네 사람들은 중요한 서점 몇 곳을 집어줬고, 우아한 공원과 미술관을 알려준 이도 적지 않았다. 문구 용품만 보면 넋을 잃고, 커피 없인 하루도 못 살고, 거기다 활자 중독자이기까지 한 나는 시간과 돈이 허락했다면 그모든 곳을 가보고 싶었지만, 나의 시간과 돈에는 한계가 있었다. 그래서 '한 사람이 쓸 수 있는 제한된 시간, 돈, 체력, 취향, 지식에 맞춰 여행을 다니는 것처럼, 결국 인생도 그렇게 살아지는 게 아닐까?' 이런 생각이 든 것이다.

태어나고 보니 재벌이나 왕족이나 스타 연예인의 자식이 된 극소수 특권층을 제외하면 대부분의 사람들은 지극히 평범한 집안에서 남과 별반 다르지 않게 태어난다. 어렸을 때는 "너는 뭐든 할 수 있어"라는 말을 주문처럼 들으며 자라지만 초등학교만 가도 냉엄한 현실의 벽과 마주친다. 원한다고 다 할 수 있는 세상이 아니며 무엇보다 세상이 가늠하는 잣대로 판단할 때 나보다 뛰어난 아이들은 차고 넘치는 현실을 뼈 아프게 깨닫는 것이다. 그때부터 한 사람이 할 수 있는 선택은 별로 많지 않다. 그런 현실과 타협하고 그럭저럭 맞춰가거나, 그래도 밀려날 순 없으니 끈질기게 버티며 살거나, 아예 그 판을 빠져나가 버리거나, 다 엎어버리거나. '바라는 대로 이루어질 수 있어'란 어른들의 영혼 없는 격려에 '빅엿'을 먹이며.

하지만 그다지 믿음이 가지 않는 어른들과 세상의 희망 고문을 비웃는 마음 한구석에선 '그래도 이루어질지 몰라, 꿈이라는 것'이라는 가냘픈 소망을 품을 때도 있다. 아마도 그 소망의 유효 기간은 아무리 길게 잡아도 40대 초반까지가 아닐까 싶다. 그러다 그 시기마저 지나가 버리면 그때는 확실히 알게 된다. 인생은 원한다고 다 이룰 수 있는 것이 아니고, 가고 싶다고 해서 어디든 다 갈 수 있는 것도 아니며, 하고 싶다고 다 하고 살 수 있는 것도 아니란 것을. 그때부터 정말 중요해지는 것은 바로 '선택'이다.

내가 이 생에서 뻗어나갈 수 있는 성장의 한계를 냉정하게 인식하고 인정해서 받아들인 후 내게 주어진 유한한 자원(시간, 돈, 체력, 취향, 열정)을 최대한 현명하게 집중적으로 쓸 수 있는 길을 찾는 것이다. 그것이 바로 현명하게 살아가는 법이자 앞서 살고 있는 어른이 젊은이에게 보여줄 수 있는 선례가 아닐까. 내가 도쿄 여행에서 배웠던 것처럼, 그리고 SNS 친구들의 도쿄 여행처럼. 벼락 맞는 것보다 더 희박한 확률의

로또를 맞지 않는 한 평범한 우리가 도쿄의 모든 오락과 명소와 상품을 즐길 수는 없다. 그러니 선택해야 한다. '3박 4일이란 시간에 도쿄를 어떻게 즐겁게 여행할 것인가?' 이 선택은 '평균 80년이란 인생을 어떻게 살 것인가?'라는 선택과도 여러모로 비슷하지 않은가?

이렇게 선택에 대해 생각하고 있을 때 인터넷에 뜬 장정일의 칼럼을 우연히 읽었다. 소문난 다독가이자 소설가이자 문학 평론가인 장정일에게 한 출판사가 신인 작가의 소설을 보내고 싶으니 주소를 알려달라고 했다. 그는 자신이 이제 쉰일곱이나 되어서 갈 날이 머지않았고, 눈도 침침해졌으니 그나마 남은 시간은 아직 읽지 못한 무시무시한 고전들을 읽으며 지내야 할 것 같다고 답장을 보냈다. 그 글을 읽다 보니 한숨이 나올 정도로 공감됐다. 장정일만큼은 아닐지라도 나 역시 책을 사들이고 읽는 즐거움이 인생 최고의 낙이었는데 마침 때 이른(사실은 평균인) 노안이 찾아와 괴로운 현실이 퍼뜩 떠올라서. 장정일의 말을 빌리자면 인간은 태어나서 늙고 죽는 것이 아니라 늙고 죽는 사이에 몸이 아프고 병이 드는 잔인한 시기를 거친다. 그것도 꽤 오랜 시간을.

나 역시 슬슬 몸 여기저기가 시원찮아지는 기미를 보이는데다 가장 소중히 여기는 눈마저 쇠약해지는 게 느껴져 불안했다. 이러다 정말 책을 못 읽게 되는 날이 오면 어쩌지? 그렇다면 그때까지 남은 시간 동안 어떤 책을 읽어야 하나? 책을 읽고 번역하는 일로 밥벌이를 하고 남은 시간에 또 좋아하는 책을 읽고 글을 쓰는 나에게 이건 상당히 중요한 문제였다.

　서글픈 고민을 하다가 《불행 피하기 기술》이란 책에서 부분적으로 답을 찾았다. 이 책을 쓴 작가 롤프 도벨리는 책을 읽고 나면 흔적도 없이 기억이 사라지는 사람들에게(바로 나!) 같은 책을 연속해서 두 번 읽으라는 처방을 내렸다. 다 그럴 필요는 없고 까다롭게 고른 책만 그렇게 하라고. 한 번 읽었을 때 책의 3퍼센트 정도 내용이 남는다고 쳤을 때, 두 번 읽으면 30퍼센트가 남는다고. 그러면서 마지막으로 뼈 때리는 조언을 남겼다. "40세가 넘은 사람은 나쁜 책을 읽기에는 인생이 너무 짧기 때문에" 그래야 한다고. 이 문장을 읽는 순간 흠칫했다. 이건 바로 내게 하는 말 아닌가!

　그래서 이제부터는 충동적인 책 쇼핑을 최대한 자제하며(물론 효과는 별로 없지만) 대신 엄선해서 고른 책을 두 번씩 읽는 방법을 시도해 보기로 했다. 앞으로 남은 시간이 한정돼 있다면 최대한 즐겁고 알차게 보내야 하지 않겠는가. 독서법에 대한 이야기로 잠시 가지를 쳐서 나갔지만, 독서법이란 자리에 연애, 우정, 일, 가족… 뭘 넣어도 다르지 않으리라.

인생은 생각보다 길지 않으며 오늘을 보낸 후에 내일을 또 맞으리란 보장은 나이에 상관없이 우리 누구에게도 없다. 그렇다면 유한하게 주어진 이 인생을 잘 살기 위해 무엇을 어떻게 해야 할까? '무엇'은 각자의 취향과 가치관과 철학에 따라 알아서 선택하면 되겠지만, '어떻게'에 대한 힌트는 앞서 살아가고 있는 어른들을 보며 알 수 있지 않을까? 어떻게? 내가 좋아하고 소중히 여기는 그것에 좀 더 집중해서 살라고.

。

경험은 정말로
좋은 스승일까

자신을 속이는 일은 남을 속이는 일보다
더 깊숙이 몸에 배어 있다.

표도르 도스토옙스키

○

　20대 끝자락에 뉴질랜드에서 1년 반 정도 살면서 일한 적이 있다. 한국인 이민자가 주인인 아트박스에서 다양한 국적의 10대들에게 형형색색의 팬시 상품을 팔고, 흑진주 가게에서 롤렉스를 찬 부유한 요트족에게 아는 영어 형용사는 다동원해서 너스레를 떨며 흑진주를 팔았다. 한국 이민 회사에서 통번역사로 뛰었고 부족한 생활비를 보충하려고 밤에 한국 레스토랑에서 서빙을 하기도 했다. 투잡에 쓰리잡까지 해치우고 물먹은 솜처럼 무거운 몸을 질질 끌고 집에 오면 그대로 침대에 쓰러져 꿈도 안 꾸고 잤다.

　소처럼 일만 하는 생활이 지겨워질 즈음 친구가 차를 빌려 여행을 가자고 제안했다. 모처럼 바람을 쐴 수 있겠다 싶어 따라나서 운전하는 친구와 신나게 수다를 떠는 와중에 차가 뒤집히고 말았다. 놀랍게도 그 찰나의 순간 그동안 살아온 짧은 생이 영사기를 틀어놓은 것처럼 눈앞에서 스쳐 지나갔다. 그걸 보는 순간 '나 오늘 여기서 죽나?' 싶었지만 다행히 차만 망가지고 사람은 다치지 않았다(덕분에 차 수리비를 대느라 또다시 소처럼 일해야 했다…).

이듬해 귀국해서 또 친구가(이번에는 다른 친구) 운전하는 차를 타고 설악산에 놀러 갔다가 3중 충돌 사고가 났다. 무쏘인 우리 차와 부딪혔던 프라이드는 폐차를 시켜야 할 수준으로 처참하게 찌그러졌다. 사고 차량 세 대에 탔던 사람들 모두 얼굴이 하얗게 질린 채 차에서 나왔던 기억이 난다. 그때도 천만다행으로 다친 사람은 없었지만, 자칫 잘못했으면 황천길로 직행했을 사람이 여럿 나왔을 사고였다. 더 끔찍한 건 그 차를 타고 다시 서울로 돌아와야 했던 일이었다. 차를 내버리고 갈 순 없으니까. 서울 가는 내내 덜덜 떨면서 갔던 기억이 지금도 생생하다.

그렇게 두 번의 사고를 겪은 후로 나는 굳건히 장롱면허를 고수하며 내 눈에 흙이 들어가기 전까지 내 손으로 핸들을 잡는 일은 절대 없을 거라고 믿었다. 하지만 영어에 "Never say never." 즉 '절대'란 말은 '절대' 쓰는 게 아니라는 말이 있는 것처럼 어쩔 수 없이 운전을 해야 할 일이 생겼다. 마흔을 한 해 앞두고 아이와 같이 유학 간 영국에서 차로 아이를 등하교시켜야 하는 상황이 벌어진 것이다. 나는 영국에서 급하게 연수를 받고 아침마다 울고 싶은 마음에 입술을 질끈 깨물며 아이를 등교시켰다. 물론 초보자니 접촉 사고도 두어 번 냈다. 운전이 너무도 무서웠던 나는 영국에서 내내 아이의 학교와 집만 오갔고, 한국에 돌아왔을 때는 더 이상 운전을 하지 않아도 된다는 생각에 안도의 한숨을 쉬었다.

일본 애니메이션의 최고 산실이라고 할 수 있는 스튜디오 지브리의 전담 영화 음악가인 히사이시 조의 책《나는 매일 감동을 만나고 싶다》에서 "나이를 먹을수록 인간은 경험과 지식이 풍부해진다"라고 하는데 그것은 거짓말이다. 경험과 지식은 제대로 살리지 않으면 아무런 의미가 없기 때문이다. "가능성의 폭을 좁히는 경험이라면 차라리 풍부해지지 않는 편이 낫지 않은가?"라는 구절을 봤을 때 나는 곧바로 교통사고와 운전이 떠올라 조용히 한숨을 쉴 수밖에 없었다.

흔히 경험은 풍부하고 많을수록 좋고, 우리가 해온 경험이 우리의 세계를 확장하고 삶을 더 깊이 있게 해줄 거라고 하지만 그것은 어디까지나 일반론일 뿐이다. 세상에는 하지 않은 것만 못한 경험이 허다하며 내가 겪은 경험을 전체로 확장할 수도, 일반화할 수 없다.

내게 있어 차 사고를 당한 경험은 운전할 때 조심해야 하는 필요성을 환기하기보다 운전은 무섭고 두려운 것이란 공포만 가중했다. 그 결과 나의 세계는 확대된 것이 아니라 오히려 좁아졌다. 사고 후 나는 무척 단호한 '뚜벅이' 족이 되어 차로 갈 수 있는 장소를 걷거나 대중교통을 이용하는 식으로 내 생활 반경을 계속 좁혀왔으니까. 이런 생활 태도로 지구를 보호하는 데 일조하고 있다고 자위해 왔지만 그건 어디까지나 운전을 하지 않기 위한 핑계일 뿐 운전을 자유자재로 할수 있었다면 내 인생이 얼마나 다르게 흘러갔을까, 지금도 종종 생각한다.

경험이 풍부할수록 좋다는 통념이 위험한 이유는 그런 믿음을 본인 한 사람의 삶에 적용하는 데서 그치는 게 아니라 타인, 특히 자식이나 젊은 세대에게 강요하기 때문이다. 이점에 대해 히사이시 조는 또다시 아주 통쾌한 말을 했다. 그는 "돈을 주고 사서라도 고생을 하라는 어른들의 말은 거짓말이며, 자진해서 고생할 필요는 없다"라고 했다. "누구나 하는 고생은 인간의 폭을 넓혀주지도 않으며 그렇게 하고 싶으면 지성을 연마해서 삶의 진정한 아수라장을 빠져나가라"라고 따끔하게 조언한다.

히사이시 조의 이 말을 읽자 사회에 나와서 만났고, 지금도 많이 보는 어른들의 얼굴이 떠올랐다. 자신이 소싯적에 했던 고생담에 이어 그 덕분에 이뤄낸 찬란한 업적 자랑을 신나게 하는 어른들, '요새 젊은것들'은 호강에 겨워 불평만 늘어놓지 당최 근성이 없다고 비판하는 어른들, 가정에서도 상황은 크게 다르지 않아 지금까지 살아온 자신의 경험과 가치, 기준의 틀에 따라 설계한 인생 코스 속에 그대로 자식들을 집어넣어 키우는 부모들 덕분에 혹은 때문에 아이들의 인생은 그 시작부터 좁고 한계가 있을 수밖에 없다.

《넥서스》의 저자 유발 하라리는 국내 매체와 한 인터뷰에서 젊은이들에게 지금 어른들을 너무 믿지 말라고 했다. 과거에는 성인들이 세상을 아주 잘 알았고, 세상도 천천히 변했지만 21세기는 다를 거라고. 앞으로 10년 후도 내다보지 못하는 변화무쌍한 세상에서 아이들이 배워야 할 것은 지식이 아닌 개인의 회복 탄력성과 감성 지능이라고.

이를 다시 한번 풀어서 말해보자면 앞선 세대가 축적한 지식과 경험은 앞으로 살아갈 세대에게는 별다른 도움이 되지 못한다. 지금 젊은 세대가 살아갈 세상은 누구도 쉽게 예측할 수 없는 곳으로 달려가고 있으니까. 그런 상황에서 과거의 경험은 보탬이 되기보다 오히려 발목을 잡아매는 족쇄가 될 가능성이 농후하다.

영어에 'been there, done that'이라는 표현이 있다. 거기 다 가봤고, 다 안다는 뜻으로 '내가 해봐서 아는데'와도 일맥상통하는 표현이다. 안타깝게도 '내가 해봐서 아는데'의 시대는 저물었다. 한 치 앞을 내다볼 수 없는 시대를 살아가는 어른으로서 지녀야 할 태도는 오히려 지금까지 쌓아온 경험을 토대로 다져온 나의 믿음이 언제든지 틀릴 수 있고, 틀렸을 수도 있다는 점을 인지하고 유연해지는 것일지도 모르겠다.

。

거절 연습을
해보자

정신을 차려보니 어느덧 나는
주변 사람들 사이에서 거절의 아이콘이
되어 있었다.
그렇게 되기까지 돈보다 더한 값을
치르고 '노'라고 말하는 법을 배웠다.

이숙명, 《혼자서 완전하게》

○

　며칠 동안, 아니 사실은 몇 주 동안 고민하고 애를 끓이며 답답해하고, 밤이면 밤마다 이불킥을 계속하다가 마침내 용기를 냈다. 용기를 냈다고 말하기도 민망한 게 아침에 일어나면 온몸이 퉁퉁 붓고 급기야 오늘 아침엔 목이 꽉 잠겨 물 한 모금 넘길 수 없는 상태가 돼서야 인정했다. 더 이상 미룰 수 없다는걸. 그래서 비장한 각오를 하고 컴퓨터 앞에 앉아 메일 두 통을 써서 보내기 버튼을 눌렀다. 마치 좋아하는 천관녀의 집에 발길을 끊겠다고 기껏 결심했는데 속도 모르고 자기를 그녀의 집 앞에 데려다 놓은 애마의 목을 친 김유신 같은 심정으로 그 버튼을 눌렀다고 하면 지나친 비약일지도 모르지만, 적어도 내겐 그 정도로 심각한 일이었다. 문제의 메일 두 통은 '거절' 메일이었으니까.

　"노"라고 말하는 건 너무너무 어렵다. 이런 고민은 나만 하는 게 아니어서 포털 사이트에 '거절'이란 검색어를 넣어보니 영업 전화 거절하는 법, 고백받기 전에 거절하는 법, 친구가 돈 빌려달라고 할 때 거절하는 법, 시댁에서 여행 가자고 할 때 거절하는 법, 사소한 부탁을 거절하는 법에 이어 남편이 관계를 갖자고 할 때 거절하는 법, 보험 영업 거절하는 법 등 무수한 거절 법이 주르륵 쏟아져 나왔다. 인터넷 서점에 들어가 '거절'이란 키워드를 쳐보자 역시 '거절 잘하는 법'을 주제로 한 책들이 무수히 쏟아졌다. 제목들을 훑어보니 이 책만 읽으면 나도 '거절의 달인' 내지는 '거절의 여왕'이 될 수 있을 것 같아 이 글을 쓰다 말고 구매 버튼을 누를 뻔했다.

거절은 어렵다. 이 말을 두 번이나 하는 이유는 정말 어렵기 때문이다. 핑계 없는 무덤이 없다고, 이런 병세가 깊어진 데는 내게도 이유가 있다. 우선 나와 같은 여성들은 상당 부분 공감하겠지만 어려서부터 여성성을 강조한 교육을 받고 자라서였다. 빅토리아 시대를 주제로 한 책을 쓰다 알게 된 사실인데 지금으로부터 100년도 훨씬 전인 빅토리아 시대에 소년들에게는 "진취적, 적극적, 대담한, 야심만만한, 모험 정신을 고취시키는" 교육을 실시한 반면 소녀들에게는 "상냥하고, 여성스럽고, 나긋나긋하고, 친절하고, 얌전한" 교육이랄 것도 없는 교육을 시켰다고 나와 있다. 이는 소년들이 많이 읽는 책과 소녀들이 많이 읽는 책이라고 주장한 청소년 문고를 출판하는 출판사 광고를 보고 조사한 것이다.

100년 전 이야기지만 흡사 현재를 보는 것 같아 오싹해졌다. "상냥하고, 여성스럽고, 친절하고, 얌전한" 여자로 자라면서 상대가 하는 말에 분명하고 명쾌하게 "노!"라고 말하기는 거의 불가능하다. 적극적이고 대담하고 용기 있게 행동하면 상대적으로 거절하기가 쉽지만 항상 조신하게 상대를 배려하면서 "노"라고 말하는 것이 쉬울 수 있겠는가.

또 다른 이유로는 거절을 거절로 받아들이지 않는 사회 문화적 분위기도 한몫한다. 여자들의 심리를 잘 모르면서 막연한 환상을 키우는 일부 남자들은 노를 예스로 오독하는 경우가 종종 있는 것 같았다. 그것이 유혹의 언어라는 치명적인 오해를 하는 것이다. 그럴 땐 대체 어떻게 해야 하는 것일까? 김유신의 이야기에서 입장 바꿔 천관녀가 김유신을 싫어하는데 계속 찾아오면 김유신은 죽이지 못해도 김유신의 말의 목 정도는 베어줘야 거절이라고 해석할까? 물론 역사상 그런 예는 없었지만…. 여자들이 100퍼센트 진심을 다해 전력으로 거절해도 거절로 받아들이지 않는 상황에서 번번이 자신의 의사가 존중되지 않는 경험을 한 여자들은 거절조차 하지 못하고 체념이 일상이 될 수 있다.

거절조차 할 수 없는 사회 구조도 문제가 된다. 자신의 업무를 다 마치고도 '칼퇴'가 아닌 정당한 권리인 '정시 퇴근'을 주장하지 못하고 상사의 눈치를 보는 회사원들이 비일비재하듯이 프리랜서에게도 비슷한 비애가 있다. 조직의 비호를 받을 수 없이 그야말로 칼 한 자루 차고 전국을 떠돌며 자력갱

생하는 낭인 같은 신세인 프리랜서, 그중에서도 초보 프리랜서의 경우에는 들어오는 일이 일정치 않기 때문에 굶기 십상이니 의뢰를 가려 받을 처지가 안 된다. 그렇게 들어온 일을 거절하지 못하는 세월이 오래되면 거절 불가능 병은 난치병으로 발전한다.

살다 보면 거절해야 할 상황은 누구에게나 빈번하게 일어난다. 그럴 때 거절하지 못하는 심리의 기저에는 두려움이 깔려 있다. 들어온 의뢰를 거절했다가 또다시 굶주리는 시절로 돌아가는 건 아닐까 두렵고, 이렇게 냉정하게 거절해 버리면 친구와의 관계가 끊어지는 건 아닌가? 이렇게 말해버리면 가족과 의절하게 되는 거 아닌가? 거절하면 독하고 야박한 인간이라는 욕을 먹지 않을까? 이런 두려움은 끝이 없다. 그래도 결국 어느 지점에 이르러 선을 긋지 않으면 상황은 더 악화되고 속병만 깊어진다.

그래서 고심 끝에 결국 '거절의 매뉴얼'을 만들게 됐다. 실은 나의 창작품은 아니고 번역가 선배를 보고 힌트를 얻었다. 번역가 대선배 중에 '검토서는 쓰지 않는다'라는 원칙을 정해놓은 분이 있다. 출판 번역가가 출판사가 의뢰한 신작 검토서를 쓰지 않는다고 결심하는 건 쉽지 않지만 일단 그 원칙을 고수하니 자잘한 일들을 다 정리할 수 있었다고 한다. 나는 그분을 본떠서 소설과 에세이가 아니면 번역을 맡지 않는 다는 원칙을 세우고 고수하고 있다. 그러니 내게 책을 의뢰하는 출판사들도 그 점을 알고 두 장르가 아니면 아예 의뢰하지 않는다. 결과적으로 출판사와 번역가 양쪽 다 시간 낭비, 감정 낭비를 할 여지가 없어진 것이다.

돈을 빌려달라는 친구는 내가 줘서 아깝지 않을 금액을 주고 아예 받을 생각을 하지 않는 것으로 정리. 시댁과의 관계에서 고민하는 사람이라면 한 번은 욕먹을 각오를 하더라도 내 몸과 마음이 상할 정도로 끌려다니지 않겠다고 결심하고 마지노선을 정해놓을 것. 고백이나 소개팅, 남의 고백을 거절하는 건 상대의 마음과 자존심이 상하지 않게 부드러우면서도 단호하게 거절할 것(괜히 어장 관리하려 한답시고 모호하게 대응하면 서로에게 독이 된다) 등등. 이렇게 자신만의 거절 매뉴얼을 만들어 놓고 지키면 복잡한 생활이 조금은 더 단순해질 수 있다.

보름 넘게 고민하다 보낸 거절 메일 두 통에 대한 답장은 놀랄 만큼 빠르게 왔다. 모두 내 고민을 십분 이해해 주고 이제부터 어떻게 대처하겠다고 알려왔는데 그걸 보니 그동안 했던 고민이 무색해졌다. 진작 이렇게 말할걸. 날 싫어할까 봐, 날 미워할까 봐, 내가 이기적이라고 욕할까 봐 속 끓였던 시간이 무색하게 내 사정을 이해하고 거절을 잘 받아들이는 상대의 모습을 보며 비로소 거절에 한 걸음 가까워졌다고 안도하게 됐다.

거절 연습을 해보자. 처음부터 잘할 수는 없지만 연습한 만큼 쉬워진다. 내 거절이 받아들여지지 않아도 끈기 있게 거절해야 한다. 여차하면 욕먹을 각오를 하고, 남들에게 '미움받을 용기'를 내서 거절을 해보자. 그것이 어른이 되기 위해 우리가 치러야 할 대가인지도 모른다.

°

좋아하는 일을 하는
사람

어른도 몰두해서 자신이
좋아하는 일을 하는 사람이 있다고.
피곤한 얼굴로 푸념을 늘어놓으면서
사회의 톱니바퀴가 되어가는 것만이
인생은 아니다, 하는 구원의 길이
하나 제시되었다.

모리 히로시, 《기시마 선생의 조용한 세계》

○

SNS에서 우연히 눈에 들어온 글을 하나 읽고 흠모하게 된 어느 학자가 있다. 어느 날 그가 학문을 하는 사람은《기시마 선생의 조용한 세계》라는 책을 읽어보라고 추천하는 포스팅을 봤다. 책에 대한 별다른 소개도 없이 그냥 읽어보라는 아주 간단한 말에 더 호기심이 끌려 읽어봤다.

소설의 줄거리는 제목처럼 아주 조용하고 잔잔하다. 주인공은 글을 늦게 깨친 탓에 공부에 재미를 붙이지 못했는데, 어느 날 혼자 도서관에 갔다가 그때 관심 있었던 전파에 대한 책을 빌려 그 의미를 짐작해 가며 천천히 읽게 된다. 그 책 덕분에 자신이 하고 싶은 것을 하겠다는 생각에 몸을 싣게 되고 결국 학문의 세계에 일생을 바치게 된다는 이야기로 그다지 흥미로운 사건도 없고, 등장인물도 몇 명 안 나오는 소설이다. 그저 평생 학문의 세계에 몸을 담게 된 과정에서 기시마라는 선생님을 만나 감화하게 된 사연이 조용히 물 흐르듯 전개된다.

처음에 언급한 인용문은 바로 주인공이 기시마 선생님을 보며 느낀 감상이다. 기시마 선생님은 주인공의 삶에 막대한 영향을 미치며 학문과 인생의 롤모델이 된다. 그중에서도 주인공의 마음을 움직인 건 바로 '자신이 좋아하는 일에 몰두하고 집중해서 살아가는 어른의 모습'이었다. 어쩌면 이것이 어른이 줄 수 있는 멋진 선물이 아닐까, 그런 생각을 하며 책을 읽다가 문득 내 아이가 떠올랐다.

가끔 사람들은 나에게 엄마가 수많은 번역서를 낸 번역가에다 직접 쓴 책도 몇 권 냈으니 딸도 엄마처럼 번역가나 작가가 되고 싶어 하냐고 물어볼 때가 있다. 아무리 내 속에서 나온 내 자식이라고 해도 아이의 마음까지 내가 낳은 건 아니니 아이가 내 일에 대해 어떻게 생각하는지 나도 잘은 모른다. 다만 아이 스스로가 엄마처럼 번역가가 되는 일은 없을 거라고 분명히 선언한 적은 있다. 엄마가 번역하는 모습을 어렸을 때부터 옆에서 지켜보면서 그 일이 정신적으로나 육체적으로나 상당히 힘든 일이라는 걸 알게 된 것도 한 가지 요인이겠지만, 무엇보다 끊임없이 책을 읽고 공부해야 하는 점이 싫다고 딱 잘라 말했다. 내 직업에 대해 아이가 분명하게 표현한 건 그때 한 번뿐이었으니 아이가 내 직업을 자랑스러워하는지, 아니면 고생만 죽어라 하지 돈을 잘 버는 직업도 아니니 시큰둥해할지 그건 나도 잘 모르겠다.

하지만 《기시마 선생의 조용한 세계》에 나오는 선생님처럼 내 일에 몰두하고, 내가 좋아하는 일이라서 눈빛이 빛나는 얼굴을 아이에게 보여준 적이 있느냐고 바꿔 물어보면 그건 그렇다고 대답할 수 있다. 예를 들면 요즘 번역하는 책이 마음에 들거나 소설 속에 재미있거나 황당한 인물이나 대사가 나올 때는 밥을 먹으며 아이에게 그 이야기를 해주기도 하고, 새 책을 의뢰받았을 때 아이가 공감할 수 있는 청소년 소설이나 모험 소설이면 같이 첫 장을 읽어보며 아이의 생각을 물어볼 때도 있다. 출판사에서 흥미로운 책의 번역이나 저술에 대한 의뢰를 받고 신이 나서 들뜬 마음으로 소식을 전할 때도 있었다.

그럴 때면 아이는 말없이 듣고 있다가 이렇게 말하곤 한다. "엄마는 할 수 있을 거야. 난 믿어. 엄마, 파이팅!" 이건 뭔가 이상하다. 원래 격려와 응원은 엄마의 몫이고 희망찬 미래에 대한 꿈을 옳는 건 딸의 역할이 아닌가, 싶지만 뭐 아무렴 어떤가. 중요한 건 일을 하면서 내게 의미 있는 순간을 같이 나누는 사람이 내 자식이라는 점과, 아이도 그런 순간을 나와 함께하면서 어렴풋이 뭔가 느꼈을 거라는 점이다.

내가 그렇게 조금은 달뜬 목소리로 내 일에 대해, 책에 대해, 멋진 기획에 대해 말할 때면 아이는 말은 안 해도 마음 한편으로 안심하지 않을까? 엄마가 단순히 가장으로서 생계를 해결하기 위해 하기 싫은 일을 억지로 하고 있는 게 아니란 걸. 허리 통증 때문에 자주 파스를 붙이고, 주기적으로 찾아오는 편두통 때문에 약을 먹고 일을 하지만 엄마에게 일은 기쁨과 보람의 원천이기도 하다는 것을. 돈을 벌기 위한 일을 하면서도 인생이 괴롭거나 지루하지 않을 수 있다는 예를 엄마를 통해 보면서, 아이는 어른이 되는 것도 그렇게 두려운 일만은 아니라고 생각하지 않을까? 물론 어디까지나 이건 내 희망 사항이지만.

 하루 24시간이라는 시간 중 최소 3분의 1인 8시간을 일하고 나머지 8시간을(아주 이상적인 경우지만) 자고 나머지 8시간을 생활, 그러니까 먹고 이동하고 쇼핑하고 사랑하고 싸우고 하는 기타 등등으로 하루 24시간이, 인생이 채워진다. 그러니 좋아하는 일을 하며 산다는 건 하루의 대부분을 견디거나 버티지 않고 살아가도 된다는 의미니 아주 큰 행운인 셈이다.

 나는 좋아하는 일을 하니 운이 좋은 셈이지만 장래 희망이 번역가였던 적도 없고, 처음부터 번역이 좋았던 것도 아니다. 어디까지나 생활비를 벌기 위해 번역의 여러 단계와 종류를 두루두루 거치다 책 번역까지 왔고, 그러면서 차츰 이 일이 내게 잘 맞는 일이라는 걸 스펀지에 물이 스며들 듯 서서히 깨닫게 됐을 뿐이다. 그렇게 없던 애정이 생겨나 깊어진 것이다. 정이 들었다고도 할 수 있다.

주위에서 자신이 하는 일을 좋아하는 사람들을 보면 대개 비슷하다. 나의 롤모델인 인생 선배들을 보면 처음부터 그 일을 좋아해서 한 사람은 거의 없다. 지금은 포장 공예 강사로 활발하게 활동하는 선배는 화랑에서 큐레이터로 다년간 일했다. 그러다 타고 난 미적 감각에 오랫동안 단련한 안목과 손재주를 결합시켜 포장 공예 일을 하고 있다. 좋아하는 일을 하니 밤을 새워 일해도 씩씩하다. 출판사 편집자로 일하다 인테리어 디자이너로 변신해 동에 번쩍 서에 번쩍 다양한 인테리어 프로젝트를 하는 후배도 있다. 플로리스트로 시작했다가 지금은 가드닝과 실내 그린 인테리어로 영역을 확장해 가며 열정을 불태우는 선배도 있다.

자기가 하는 일을 좋아하는 이들과 가끔 만나 일 이야기를 할 때면 다들 눈이 반짝반짝 빛난다. 일은 소처럼 하지만 마음은 지치지 않는 이들을 보며 일이라는 것이 단순히 돈을 버는 수단을 떠나 인간을 고양하는 뭔가가 있다는 걸 느낀다.

《기시마 선생의 조용한 세계》에서 기시마 선생이 사는 학문의 세계는 지극히 평화롭다. 물욕도 없고 명예욕도 없이 진리 하나만 좇아 끝없이 걷고 또 걷는다. 그 과정에서 순수한 환희를 느낀다. 그것은 요즘 세상에서는 보기 드문 기쁨이고, 욕심을 내려놓고 마음을 편하게 갖자고 주장할 필요가 없는 희귀한 세계이기도 하다.

　사심 없이 몰두하는 일의 세계란 이런 것이 아닐까. 나는 번역하는 책에서 좀처럼 풀리지 않는 문장이 근사하게 해결됐을 때, 써야 할 글이 술술 재미있게 풀릴 때 기쁘고 보람차다. 내가 번역하거나 쓴 책이 대박 나길 바라는 것처럼 결과에서만 행복을 느낀다면 내가 행복할 순간은 극히 드물어질 것이다(물론 그러면 기쁘겠지만). 하지만 일을 하면서 느낄 수 있는 기쁨은 과정을 즐기는 기쁨이니 앞으로도 꾸준히 소소하게 계속되겠지. 과정을 즐기고, 사소한 순간에서 기쁨을 찾는 생활이 있는 사람은 불행할 수 없다. 이것이 아이에게 보여주고 싶은 삶이기도 하고.

○

아픈 몸에서
배운 것

'나' 또한 고갈되는 자원이란 것을
알지 못했다.
석유처럼, 물처럼, 낭비는 험악하고도
무분별하게 이루어졌다.

곽세라,《앉는 법, 서는 법, 걷는 법》

o

나는 작업실 없이 집에서 일한다. 특별히 사람을 만날 약속이 있거나 운동을 가거나 장을 보러 가지 않는 한 하루 종일 집에 틀어박혀 일을 하거나 책을 읽거나 집안일을 한다. 그래서 내게 SNS는 밖에 나가지 않고도 바깥세상을 들여다볼 수 있는 작은 창과 같다. 일하다 머리에 쥐가 날 것 같거나 지칠 때 푸념하는 글도 올리고 친구들의 글을 보며 댓글로 같이 웃고 울면서 고독을 달랜다. 그렇게 알게 된 삼사십 대 친구들이 몸도 모자라 영혼까지 갈아 넣어 일하다 피곤을 토로하는 모습을 볼 때면 마음이 조마조마하다. 언제 터질지 모르는 시한폭탄을 보는 것 같아서.

몇 달 전 곽세라의 《앉는 법, 서는 법, 걷는 법》을 읽었을 때 흠칫했다. 작가의 이야기가 내 이야기 같았다. 20대 후반에 몇 년 동안 영어 공부한답시고 안구 건조증에 걸릴 정도로 하루 열두 시간 넘게 영어 책을 파며 책상 앞에 앉아 있었다. 그러다 결혼해서 얼마 후에 임신해 아이를 낳고 돌잔치를 한 직후부터 번역을 시작했는데 초반에는 일이 불규칙하게 들어와서 마감을 맞추느라 커피를 물처럼 마셔댔다. 그때까지는 젊었던 내 몸은 반항하지 않았고 나는 '정신력' 혹은 '근성'이라는 허상을 믿으며 내 몸을 채찍질했다. 그때 나는 몸과 정신은 별개로 어디까지나 정신이 우위에 서서 몸을 끌고 간다고 믿었다. 며칠 밤을 새워도 하루 쉬면 된다고 생각했다. 무지했기 때문에 오만했고 오만했기 때문에 뭐가 진정 중요한지 몰랐다.

내 몸을 아끼고 소중히 다루는 것이 자칫 잘못하면 '이기적'으로 보일 수 있는 사회와 문화적 분위기도 일조했다. 일하는 엄마는 아무리 집안 경제에 보탬이 된다고 해도 집에서 차지하는 위상에서 거의 끄트머리에 있기 때문에 보약 하나해 먹는 것도 눈치가 보였다. 그런 이유로 몸에 저금을 해도 부족할 판에 학대하고 무시한 결과는 꼬박꼬박 내 몸에 소리 없이 하지만 확실하게 적립됐다.

어느 날 불현듯 깨달았다. 밭일하는 아낙처럼 아침부터 사발만 한 머그잔에 커피믹스를 몇 개씩 부어서 마셔도 피곤이 풀리지 않았다. 아침에 일어나면 항상 미쉐린 타이어맨처럼 손끝부터 발끝까지 온몸이 퉁퉁 부어 있었다. 아무리 힘을 내서 하루를 시작하자고 기합을 넣어도 도무지 내 몸이 따라올 기미가 보이지 않았다. 마치 소나기처럼 채찍질이 쏟아지는데도 도통 일어날 생각을 하지 못하는 소를 내려다보는 주인의 심정 같았다. 그때 인정해야 했다. 내 몸이 고장 났다는걸.

그 후로 여러 번의 검사 끝에 결과를 기다리느라 며칠 동안 잠 못 이루는 밤을 보내며 가장 중요한 건 내 몸이라는 단순하고 명쾌한 사실을 깨달았다. 빠듯한 살림살이, 이루지 못한 꿈, 불안한 미래도 절박하지만 몸은 그보다 더 절박했다. 단순한 피곤이라고 생각했던 증상들이 목숨이 달린 문제가 돼버리자 지금까지 전전긍긍 매달리며 불안해하던 다른 문제들이 순식간에 사라졌다. 내가 이 세상에 없다면 그런 것들이 아무 의미가 없다는 너무나 당연한 진리를 비싼 대가를 치르며 알게 된 것이다.

그때부터 머리만 중시할 게 아니라 몸도 똑같이 중요하게 여기고 챙겨야 한다는 걸 알았다. 하지만 수십 년에 걸쳐 몸을 천시하고 무시하던 생각과 습관을 하루아침에 고치기는 어려운 법. 나는 자주 몸의 중요성을 잊고 예전처럼 나를 착취하며 살다 내 몸이 큰 소리로 항의하면 뜨끔해서 정신을 차리고 다시 몸을 살피기 시작했다.

우리는 살아가면서 무의식중에 인생의 우선순위를 정하고 그에 맞춰 생활한다. 돈, 건강, 집 장만, 성공, 일, 가족의 행복, 든든한 미래 같은 목표를 향해 다들 터무니없을 정도로 열심히 살고 있다. 열심히 살지 않으면 지금 이 자리에서 밀려난다는 불안에 쫓겨 매 순간 전력 질주를 한다. 모두《거울 나라의 앨리스》에 나오는 붉은 여왕의 나라에 들어와 있는 것 같다. 붉은 여왕은 앨리스에게 "제자리에 있고 싶으면 죽어라 뛰어야 한다"라고 말한다. 붉은 여왕의 나라에서는 어떤 물체가 움직이면 주변 세계도 같이 움직이기 때문에 누구든 끊임없이 달려야 겨우 한 발 내디딜 수 있다. 그러니 어쩔 수 없이 무리를 하고 있다. 그러나 몸과 영혼을 갈아 넣으면서까지 무리할 필요는 없다. 무리의 끝은 그토록 염원하던 성공이 아니라 골병이고, 그러다 인생 영영 하직할지도 모른다.

아프고 나서 몸이 하는 소리에 귀를 기울이며, 조금씩 혹은 획기적으로 삶을 바꾸는 선택은 사실 나이에 상관없이 하게 된다. 대학교 때 만난 친구는 대학을 졸업하자마자 대기업에 입사해 주위의 부러움을 한 몸에 받았지만 1년 만에 회사를 그만둬야 했다. 끝없는 야근과 과로에 시달린 나머지 어느 날 오른손 손목이 시도 때도 없이 밑으로 푹푹 처지는 원인 모를 증상이 시작됐기 때문이다. 병원에서 신경 치료를 받았지만, 효과가 없어서 급기야 수술을 받고 회사를 그만뒀다. 한동안 쉬고 나서야 그 증상은 간신히 치료됐지만, 그 일로 충격을 받은 친구는 그때부터 삶의 템포를 조절했다. 그와 함께 삶을 보는 태도가 유연해지고 타인에게 관대해진 친구를 보며 나 역시 깨달은 바가 많았다.

나 또한 크게 아프고 난 후에 인생에서 가장 중요한 결정을 내렸고 그 덕분에 행복해졌다. 그래도 몸을 살피는 습관은 정착시키기 쉽지 않아 작년에도 한차례 수술을 받고 나서야 다시 정신을 차렸다. 그 후로는 일주일에 두 번씩 필라테스도 하고 미세먼지가 심하지 않은 날은 근처에 있는 호수공원을 걸으려고 노력한다. 걷다 보면 한쪽 몸이 불편하거나 언뜻 봐도 건강이 좋지 않은 사람들도 많이 나와서 어떻게든 걸어보려고 애를 쓰는 모습이 종종 보인다. 그런 분들을 보면 숙연해진다. 그들의 과거와 나의 과거 중에 거울을 보는 것처럼 똑같은 순간이 분명 있었을 것이기에. 지금 나와 그들의 몸 상태가 조금이나마 다른 건 어디까지나 내가 운이 좋아서라는 걸 이제는 안다. 그래서 재활하기 위해 열심히 노력하는 그들에게 마음속으로 '파이팅!'이라고 속삭이며 지나간다.

　종종 끼니를 건너뛰고, 커피를 연료처럼 몸에 쏟아부으며 잠을 쫓고, 지옥 같은 스케줄에 맞춰 허겁지겁 뛰어다니는 사람들을 보면 다가가 다정하게 말하고 싶다. "밥은 먹고 다녀요? 오늘은 쉽지 않더라도 꼭 여섯 시간 이상 푹 자요. 가끔 눈을 감고 멍도 때려야 해요. 우리에겐 그런 시간이 필요해요"라고.

°

더 잘
실패하는 법

잘 일어선다는 것은 그런 것이 아닐까.

내가 넘어진 이유와 상황,

즉 나의 한계를 제대로 아는 것.

하지만 그럼에도 또 넘어질 수 있음을 알고,

이를 대비하는 것.

조준호, 《잘 넘어지는 연습》

○

《잘 넘어지는 연습》이란 책을 읽으면서 구구절절 공감했다. 평생 운동과 담을 쌓고 살아왔지만, 이 책을 읽는 동안만큼은 나도 유도를 배웠으면 좋았을 것이라는 생각이 들었다. 이 책의 저자처럼 '잘 넘어지는 방법'을 배웠더라면 평생 넘어지기만 한 것 같은 내 인생도 조금은 더 순탄하지 않았을까.

지금은 나보다 덩치가 커져버린 딸이 처음 걸음마를 배울 때 일이다. 항상 품에 안고 다니던 아이가 빨빨거리며 기어다니다 어느 순간 벌떡 일어서는 기적이 일어났다. 다음 수순으로 걸음마를 시작하자 대견하다기보다 아득한 공포가 먼저 밀려왔다. 저렇게 기우뚱기우뚱 걷다가 어느 순간 엉덩방아를 찧겠지? 그러다 앞으로 넘어져서 이마라도 깨면 어떡해? 아이가 걷기에 익숙해지기 전까지 나는 부모가 아니고선 도저히 이해할 수 없는 비이성적 공포를 안고 아이를 지켜봤다.

아이는 당연히 셀 수 없이 넘어졌다. 하지만 나는 시간이 흐르면서 넘어진 아이를 허둥지둥 일으켜 세우지 않고 일단 기다려 주는 법을 익혔다. 아이에게나 나에게나 필요하지만 쉽지 않은 시간이었다. 아이는 그렇게 독립적인 한 인간으로 성장하는 단계를 또 하나 넘어갔다. 지금 와서 생각해 보면 그때 내가 느꼈던 비이성적 공포는 내 아이만은 살면서 겪는 실패와 아픔 들로부터 지켜주고 싶은 마음에서 비롯되었던 것 같다.

나는 대학교에 들어가면서부터 수도 없이 넘어지고 피 흘리면서 좌절하기 시작했다. 지방 소도시에서 그럭저럭 안전하고 평온하게 살다 갑자기 서울이라는 거대하고 낯선 세상에 가난하고 촌스러우며 존재감이 하나도 없는 유학생으로 등장하는 순간 완벽하게 길을 잃었다. 아니, 내가 갈 수 있는 길 자체가 없어 보였다. 대학생이 되면(이라고 쓰고 어른이라고 읽는다) 인생이 탄탄대로로 뚫릴 줄 알았는데 오히려 내 능력과 지혜(그런 게 있을 턱이 만무하고)를 총동원해 없는 길을 찾거나 만들어야 하는 아찔한 현실이 쳐들어왔다. 철석같이 믿었던 인생에 느닷없이 따귀를 맞은 느낌이었다.

《실패의 향연》이라는 책에 이런 구절이 나온다. "너는 뭐든지 할 수 있어. 이 세상은 너에게 열려 있어' 같은 말들은 망망대해에서 '너는 어느 방향으로든 노를 저어갈 수 있어'라는 충고가 공포스럽게 들리는 것과 마찬가지다." 이처럼 나의 20대는 망망대해에서 혼자 뗏목을 타고 표류하는 심정으로 시작했다. 엎친 데 덮친 격으로 입학한 다음 해 우리 집이 쫄딱 망했다.

그때부터 아침에 왕복 지하철비만 들고 학교에 가서 누가 사주면 점심을 먹고 아니면 쫄쫄 굶다가 저녁에 카페에서 아르바이트를 하고 집에 왔다. 밤이면 밤마다 내가 세상에서 제일 불행하다고 믿으며 괴로워했다. 옆방에 아이 셋을 데리고 사는 부부가 매일 밤 그릇을 박살 내면서 싸우는 소리를 듣고, 금방이라도 귀신이 나올 것같이 무시무시한 공동변소를 써야 하는 컴컴한 반지하 단칸방에서 이 가난이 끝날 것 같지 않아 막막해했다. 다행히 1년 만에 가세는 어느 정도 회복됐지만 그 쓰라린 기억은 마음 한구석에 흉터로 남아 지금도 가끔 악몽으로 찾아온다.

미국의 사회학자 리처드 세네트가 현대 사회 최후의 메가톤급 금기어는 '실패'라고 했던 것처럼 성공하기 전에 잠시 거쳐 가는 단계로서의 실패가 아니라 실패에서 실패로 끝없이 이어지는 인생에 대한 공포는 누구도 피해 갈 수 없다. 그래서 대부분의 사람은 뭐라도 되어야 할 것 같은 강박을 안고 실패하지 않기 위해 무던히 발버둥 치며 살아간다. 나의 20대와 30대가 교과서적인 예였는지도 모른다.

《아이슬란드가 아니었다면》을 쓴 작가 강은경 역시 그랬다. 가족과 헤어지고 문단 데뷔를 꿈꾸며 오랜 세월 홀로 소설을 써왔던 그녀는 어느 순간 복병과도 같은 노안과 맞닥뜨린다. 절망한 그녀는 신춘문예라는 꿈을 버리고 힘들게 육체노동을 해서 번 돈과 고모가 들어준 보험을 깨서 아이슬란드로 훌쩍 떠난다. 아이슬란드의 장엄하고 기괴한 풍광 속을 여행하던 그녀는 이렇게 말한다.

"뭐가 되든 안 되든 그건 중요하지 않더라고요. 아니 뭐가 되고 안 되고가 어떻게 인생의 결말이 되겠어요."

이 구절을 읽으며 나는 자동차 대시보드 위에 앉아 있는 강아지 인형처럼 사정없이 고개를 끄덕였다. 그래, 어떻게 인생이 무엇이 되고 안 되고로 결말이 날 수 있겠어!

20대에 시작된 좌절은 그 후로도 비엔나소시지처럼 내 인생에 줄줄이 따라왔다. 대학교를 어렵사리 졸업하고 나서도 취직을 하지 못했다. 요즘처럼 청년 실업이 맹위를 떨쳐 너도 나도 사이좋게 취직이 되지 않았다면 열패감이 덜했을지도 모르는데 내 세대는 대학만 나오면 취직은 어느 정도 잘되던 호시절이었다. 그래서 더더욱 나란 인간이 아무짝에도 쓸모없는 존재 같아 아침부터 밤까지 잠만 자면서 적극적으로 현실 도피에 빠져들었다. 그러다 간신히 영어 회화 강사로 취직해 모처럼 사회인으로 살아가는 쾌감을 만끽하며 미래를 도모해 보려는 찰나 IMF가 터졌다. 덕분에 당시 강의를 나가던 대기업 네 곳에서 하루아침에 잘리는 충격적이고 신기한(?) 경험도 했다.

강제로 실업자가 돼서 닥치는 대로 일하다 일자리를 찾아 뉴질랜드까지 갔고, 거기서 이민을 하려다 최종 단계에서 떨어져 돌아왔다. 통역대학원에 가려고 새벽 별을 보며 아르바이트를 하고 하루에 열두 시간 넘게 영어 공부만 했는데도 계속 2차 면접에서 떨어졌다. 결혼을 하고 아이를 낳아서 키우는 생활도 전쟁의 연속이었다. 한 번도 이겨보지 못한 전쟁.

대학만 합격하면, 이민만 하면, 대학원에만 합격하면, 결혼만 하면, 항상 이렇게 나에게 미션을 주고 그 미션이 성공하면 행복해질 거라고 굳건하게 믿었건만 미션의 성공 여부와 상관없이 내가 바라던 행복은 찾아오지 않았다. 결국 결혼한 지 10년 만에 헤어지고 그때까지 부은 적금을 다 털어서 아이를 데리고 영국으로 공부하러 갔다. 그때는 내 인생 마지막 도박이라고 생각했다.

하지만 아이까지 데리고 간 영국에서 석사 논문을 완성하지 못하고 돌아왔다. 또다시 넘어졌고, 또다시 미션에 실패한 셈이다. 하지만 무수한 실패를 반복하면서 어느새 인생에 대한 맷집이 늘어 있었다. 모 아니면 도라는 절박한 사고방식을 버릴 수 있었고, 원하던 것은 얻지 못했지만 1년 반 남짓 되는 영국 생활에서 많은 걸 배웠다. 그런 과정을 통해 나의 한계와 '나'란 사람에 대해 더 많이 알게 됐다.

살다 보면 또 넘어질 것이다. 넘어지지 않으려고 안간힘을 쓰기보다 넘어져도 될 순간과 안 될 순간을 구분하는 지혜를 기르고, 그렇게 넘어지더라도 절망하지 않고 다시 일어나는 것. 무엇보다 그 과정을 즐길 수 있는 여유를 지니는 것. 그것이 바로 나이를 먹어가고 어른이 되는 묘미란 걸 요즘은 조금 알 것 같다.

"우리의 과제는 이런 세상에서 성공하는 것이 아니라, 앞으로도 계속 용감하게 실패하는 것이다"라는 작가 로버트 루이스 스티븐슨의 말처럼 영국에서 돌아와 다시 번역가로 일하면서도 계속 넘어지고 실패했다. 앞으로도 실패할 때가 있겠지만, 그다음엔 조금 더 잘 실패하고 싶다. 실패하면서 배우는 것이 있고, 실패하면서 아주 조금씩 나아지는 게 있을 테니까.

o

슬픔은
머물지 않는다

슬픔은 계속 머물지 않는다.
영원히 사라지지 않을 것만 같을 때조차
슬픔은 조금씩 흘러가고 있다.
어쩌면 머무는 것은 슬픔이 아니라
우리 자신이다.

김혜남,《생각이 너무 많은 어른들을 위한 심리학》

○

　지금도 그날이 기억난다. 부엌 식탁을 사이에 두고 마주 앉아 엄마와 이야기를 나누고 있었다. 아이를 낳은 지 얼마 되지 않아 육아의 모든 것이 생경하고 서투른 나를 도와주기 위해 엄마가 와 있던 때였다. 어쩌다 그 이야기가 나왔는지 기억은 안 나지만 엄마는 그때 엄마의 엄마, 외할머니에 대해 이야기하고 있었다. 전에도 드문드문 듣긴 했지만, 그날은 외할머니가 엄마를 비롯한 형제들을 보육원에 맡기고 갔던 날에 대한 이야기였다. 엄마는 나직한 목소리로 그 이야기를 하다 순간 북받치는 감정을 어쩌지 못해 왈칵 울음을 터트렸다. 나는 머릿속이 하얗게 변해 우는 엄마의 얼굴을 잠시 멍하니 바라만 봤다.

　환갑이 가까운 나이에 할머니가 된 엄마 얼굴이 그 순간 고아원에 아이들을 맡기고 떠나는 자신의 엄마를 보며 슬퍼하는 아이의 얼굴로 변해 있었다. 그 찰나의 변화가 너무 충격적인 동시에 엄마의 마음속에 미처 위로받지 못한 채 아직까지 남아 있는 아이를 보게 돼 마음이 찢어질 것 같았다. 나는 잠시 후에 일어서서 엄마에게 다가가 말없이 꼭 안아드렸다. 달리 할 수 있는 게 없었다.

　그 뒤에도 내 앞에서 적지 않은 사람들이 눈물을 흘렸다. 하나밖에 없는 자식이 학교에서 왕따를 당하는 아픔을 털어놓으며 눈시울이 붉어지는 친구의 이야기에 나는 숨이 컥 막혀서 아무 말도 할 수 없었다. 그저 친구의 격해진 마음이 잠잠해질 때까지 묵묵히 같이 걸을 수밖에 없었다. 나는 몇 년 전에 내 딸이 겪은 왕따 문제를 이야기하며 아픔을 나눴다. 같은 아픔을 지니고 있다는 것이 때로는 큰 위로가 될 때도 있다.

　오랫동안 병석에 있던 아내를 간호하며 생전 처음 요리를 배워 아내를 위해 매일 음식을 만들던 분이 흘리는 뜨거운 눈물을 본 적도 있다. 부인이 돌아가셨을 때 나는 무슨 말로도 위로가 되지 않을 것 같아 그냥 기다렸다. 그분의 슬픔이 진정됐을 때 뵐 수 있으면 좋을 것 같았고, 그분의 슬픔이 폭발했을 때 어떻게 대처해야 좋을지 몰라 미숙한 내가 두려워서 그러기도 했다. 마침내 그분과 찻집에서 마주 앉아 이야기를 하다가 어느 순간 돌아가신 분에 대한 이야기가 나오고 말았다. 그분은 이제 다시 볼 수 없는 부인을 그리워하며 눈물을 뚝뚝 흘렸다. 나는 서둘러 카운터로 가서 뜨거운 차를 한 잔 더 주문해 냅킨과 함께 갖다 드리고 묵묵히 기다렸다.

그분은 냅킨으로 눈물을 닦고 차를 마시며 그때부터 부인과 있었던 즐거운 추억을 이야기해 주었다.

지하철에서 낯선 여인의 우는 얼굴을 보고 당황하기도 했다. 요즘은 지하철을 타면 다들 하나같이 핸드폰 화면에 얼굴을 박고 인터넷 삼매경에 빠지지만 평소에 집 안에만 틀어박혀 있는 나는 외출 길에 지하철을 타면 종종 사람들을 구경한다. 그날도 그런 날이었는데 문득 화장을 곱게 하고 맞은편에 앉아 있던 여자가 눈물을 흘리고 있는 모습이 눈에 들어왔다. 누군가 자신의 슬픔을 알아챌까 봐 이를 악물고 있었지만, 그런 노력이 무색하게 눈물이 방울방울 뺨으로 흘러내리고 있었다. 나는 얼결에 아무것도 보지 못한 것처럼 고개를 숙였지만 이름도, 사연도 모르는 그녀의 눈물이 안타깝고 궁금했다.

내가 가장 많이 슬펐을 때가 언제일지 생각해 보니 20대였다. 고향에 있다 낯선 서울에 올라와 가난에 시달리며 미래가 보이지 않는 내가 불쌍해 울었고, 오랜 연애 끝에 떠나간 애인들을 그리워하며, 그들이 떠나갔다는 사실에 분노해 울었다. 좀처럼 나아지지 않는 형편에 고생하는 엄마가 불쌍해서 울었고, 어린 나이에 외롭게 크고 있을 동생이 안타까워 울기도 했다.

그러나 나를 가장 많이 울린 건 실연이었다. 20대는 세상 그 무엇보다 내 아픔이 가장 크게 보이던 나이로 영원히 나를 감싸주고 보호해 주리라 믿었던 연인들이 떠나갈 때 다시는 사랑을 할 수 없을 것 같아 울며불며 슬퍼했다. 영원히 이 슬픔이 끝나지 않을 것 같은 두려움에 더 슬펐다. 시간이 약이란 친구들의 말은 귀에 들어 오지도 않았고, 이 슬픔이 내 인생을 영원히 지배할 거란 터무니없는 생각에 사로잡혀 있었다. 그때는 세상의 모든 불이 꺼져버린 듯 깜깜한 거리를 홀로 걷는 마음으로 살았다.

그러다 시간이 흐르며 깨달았다. 슬픔이 사라지진 않지만 정말 조금씩 옅어지고 있다는 걸. 이 슬픔을 보내지 않으면 언제까지나 여기에 갇혀 있을 거라는 걸. 그때 대학에서 내가 활동하던 문학 동아리 방 책상에 노트가 한 권 있었다. 아무나 내키는 대로 끄적일 수 있는 노트에 적힌 짧은 시 같은 문장이 슬픔에 지친 내 마음을 달래줬다. A라는 동아리 친구가 쓴 글이었는데 역시 실연에 대한 글이었다. 그는 이렇게 썼다. "난 떠나간 너를 기다리는 게 아니야. 널 떠날 수 있는 내 마음을 기다리는 거야."

지금 보면 유치하기 짝이 없는 글일 수도 있지만 그걸 보며 알았다. 그는 오래전에 날 떠났는데 난 아직도 그를 떠나지 못하고 있었다. 떠나보내야 한다. 작별하지 않으면 영원히

이 순간에 붙들려 있을 수밖에 없다. 그때부터 슬픔이 다가와도 그렇게 무섭지 않았다. 언젠가는 떠나야 하고, 결국 떠날 순간이 온다는 걸 아니까.

그 후로도 슬픔은 반갑지도 않은데 자주 날 찾아왔다. 졸업하고도 좀처럼 취직이 되지 않아 괴로웠고, 이민을 신청해서 1년 가까이 피가 마르는 심정으로 기다렸는데 결국 안 됐다. 한국으로 돌아와서 대학원에 두 번이나 지원했는데 2년 연속 떨어졌고, 결혼해서도 울 일은 너무나 많았다. 그래도 대학교 때처럼 하늘이 무너지는 것처럼 슬프진 않았다. 언젠가는 이 슬픔도 지나가리란 걸 알고 있었으니까. 이 슬픔이 가면 또 다른 얼굴로 찾아오겠지만 그래도 하늘은 무너지지 않고 나는 계속 살아갈 테니까.

내게, 내가 사랑하는 사람들에게 슬픔이 찾아올 때 할 수 있는 일은 옆에 묵묵히 있어 주는 것이다. 같이 걷거나, 뜨거운 차를 따라주거나, 등을 다독여 주거나, 꼭 안아주면서. 섣불리 위로하려 들지 말고 그냥 처마 밑에 같이 서서 비가 그치길 기다리는 것처럼 슬픔이 지나가길 같이 기다려 주는 것. 그것이 슬픔을 떠나보내는 나의 생존법이다.

2

이 상 하 고
이 로 운
어 른 들

"내 마음속에 오톨도톨 박혀 있는
그 말들의 풍경을 떠올린다.
언젠가는 그 비수같이 날카로운 말들이
다 사라지고
그 자리에 예쁜 말들이 피어날
꽃밭 같은 풍경도."

。

인생에
변명하지 마

실수가 나쁜 것이 아니라
변명이 나쁘다.

야마나 유코,《입버릇을 바꾸니 행운이 시작됐다》

○

　어렸을 때 외할머니 손에서 컸다. 할머니는 여러모로 범상치 않았고 당시 멋쟁이로 동네에 소문이 자자했다. 비록 지금은 몰락했지만 과거에 명문가 장녀였다는 자부심에 항상 허리를 꼿꼿이 펴고 다녔고 결혼 전 테니스와 피아노가 취미였다니 멋의 비결은 아마도 '신여성'이었을 그 시절 비롯됐을 듯싶다. 그런 할머니에게는 고개를 갸우뚱하게 만드는 취미 하나가 있었다. 할머니는 무협지 애독자였다.

　젊었을 때 영어, 일어, 프랑스어를 배웠고 60대 초반까지만 해도 초등학교 교사였던 할머니가 어쩌다 무협지에 빠졌는지 그건 지금도 모르겠다. 한동안 할머니는 일주일에 두 번씩 동네 '점빵'(그야말로 없는 거 빼고 다 있는 환상의 가게)에 가서 무협지를 한 무더기씩 빌려왔다. 대낮에도 어두컴컴했던 점빵 안쪽으로 들어가면 과자와 라면과 양초와 식초 같은 생필품들이 빼곡히 들어찬 선반 제일 위 칸에 초류향 전기를 비롯한 무협지들이 줄줄이 꽂혀 있었고, 손님이 손으로 가리키면 주인아저씨가 사다리를 놓고 올라가 책을 내려서 오던 기억이 지금도 선하다.

할머니는 낮에는 집안일 하고 동네 마실 다니다 밤이면 안방에 모여 자는 손주들 옆에 앉아 독하디독한 청자 담배를 아주 달게 피우면서 흐릿한 알전구 밑에서 무협지를 한 권씩 읽었다. 한 시리즈를 독파하면 다 읽은 책 무더기를 안고 가서 점빵 아저씨와 깊은 대화(아마 강호의 의리와 순정에 관한?)를 나눈 후 추천을 받아 새로운 시리즈를 빌려왔다.

그때만 해도 쪽을 진 할머니도 많았고(친할머니를 비롯해) 몸뻬나 편안한 일상복 위주로 입고 다니는 할머니들에 반해 외할머니는 철마다 단골로 가는 양장점에서 원피스를 맞춰 입었고, 머리는 항상 짧게 잘라 파마를(뽀글뽀글 파마가 아니라 우아한 커트 파마) 하고, 외출이라도 할 때는 얼굴에 얇게 분을 바르고 점잖아 보이는 색의 립스틱을 바르고 다녔다. 덕분에 종종 혼자 사는 할아버지들에게 데이트 신청이나 청혼을 받기도 했다.

할머니가 키우는 아이들은 한없이 어리광을 부리며 무조건적인 애정에 푹 잠겨 자라는 쪽이 있는가 하면 반대로 대쪽처럼 곧고 엄격한 교육을 받으며 자라는 쪽도 있다. 나는 후자였다. 하지만 엄격하다고 사랑이 없는 건 아니어서 그 이면에 서린 할머니의 사랑은 어린 마음에도 가끔 느껴졌다. 그렇지 않았다면 마냥 엄격한 할머니 밑에서 삐뚤어졌을지도 모른다. 그런 할머니의 만트라는 바로 "변명하지 마!"였다. 할머니는 아무리 어린 손자 손녀라도 잘못이나 실수를 저지르고 나서 변명할라치면 항상 이 말로 제압했다.

학교 갔다가 집에 말도 하지 않고 늦게까지 놀다 와서 할머니를 걱정시켰을 때, 심부름하러 갔다가 엉뚱한 곳으로 빠져 정작 심부름은 못 하고 돌아왔을 때, 집에서 장난치다 귀한 항아리 같은 것을 깨뜨렸을 때, 무엇보다 할머니가 하라고시킨 일이나 어지른 걸 치우지 않거나 숙제 같은 걸 하지 않았다가 들켰을 때 눈물이 쏙 빠지게 야단을 맞았다.

"네가 저지른 짓은 잘못이고, 네가 한 약속을 지키지 않는것 역시 네 잘못이다. 그랬을 때는 주저리주저리 변명하지 말고 깨끗하게 인정해."

할머니는 항상 그렇게 가르쳤다. 그때는 그런 할머니가 원망스럽기도 했다. 사람에겐 저마다 각자의 사정이란 것이 있고, 가끔은 나도 어쩌지 못할 일도 있는 법인데 들어주지도않고 인정하고 책임지라고 하다니.

할머니 만트라의 진가를 알게 된 건 아주 나중의 일이었다. 결혼하고 아이가 서너 살 됐을 때 일이다. 손이 많이 갈 나이의 아이를 키우면서 살림하며 틈틈이 생활비에 보태기 위해번역을 하느라 눈코 뜰 새 없이 바쁠 때였다. 계속 이렇게 살면 죽을 것 같아 큰마음을 먹고 아이를 친정엄마에게 맡기고 바람이라도 쐬자 싶어 친구를 만났다. 그 친구는 비혼주의자로 여유로운 싱글 생활을 즐기고 있었지만 애 있는 주부가 일하는 현실이 얼마나 버거운지 아주 잘 이해해 줬다. 오랜만에 만난 나의 푸석해진 얼굴이 안쓰러웠는지 친구가 이렇게 말했다. "번역하느라 힘들지? 그래도 넌 아이도 키우고 살림하니까 번역 회사에서 사정을 좀 봐주지 않니?" 그 말에 나도 모르게 실소가 터져 나왔다. "아우, 프리랜서가 살림하면서 아이 키운다고 사정 봐주고 이해해 줄 회사가 어디 있어? 회사라는 게 뭐 그런 곳인가? 번역 회사에선 그저 납품하는 번역물의 품질과 마감 준수, 그 두 가지만 보지." 친구는 내 말에 묵묵히 고개를 끄덕였다.

그 친구를 보다가 문득 그런 생각이 들었다. 어떻게 보면 맞는 말일 수도 있었다. 살림하고 애 보면서 일한다는 건 결코 쉬운 일이 아니고, 그런 여자들을 배려해 주는 회사가 있다면, 사회에 그런 환경이 갖춰져 있다면 얼마나 환상적이겠는가? 그러나 그런 회사는 거의 없다(이 일은 10년도 훨씬 전에 있었던 일이지만 그때나 지금이나 달라진 건 없다). 마찬가지로 뭔가를 시도해 보거나 본격적으로 해보려 할 때 그것을 할 수 없고, 못할 이유나 상황은 찾으면 찾을수록 많이 나오기 마련이다. 그래도 변명할 수 없고, 핑계를 댈 수 없다. 세상의 모든 일은 하거나 하지 않거나, 결국 이 둘 중 하나로 결판난다.

하지 못한 일, 할 수 없는 일의 이면에 깔린 사정을 짐작해 주는 곳은 없고, 심지어 그것에 대해 발언할 기회조차 잘 주어지지 않는다.

그때 오래전 할머니의 만트라가 떠올랐다. 할머니가 의도했는지 아니었는지 잘 모르겠지만 삶을 바라보는 할머니의 태도 덕분에 나도 배울 수 있었다. 할머니의 가르침이 없었더라면 나이는 먹었는데 어른은 되지 않은 이상한 사람이 되고 말았을지도 모른다. 인생이란 아무리 어렵고 힘들고 고달파도 어느 선에 이르면 변명하지 않고, 핑계 대지 않고 책임져야 할 때가 누구에게나 공평하게 찾아오니까. 그때 어떤 태도로 그 책임을 대하느냐가 어떤 어른이 되는지를 좌우한다.

돌이켜 보면 할머니는 인생에 변명하고 항상 도망만 쳤던 자신의 인생이 후회스러워서 그렇게 손주들을 혹독하게 다그쳤는지도 모르겠다. 할머니는 명문가의 장녀였지만 장녀의 책임을 다하지 못하고 가문이 몰락하는 데 일조했다. 그리고 자식을 여럿 낳았지만 제대로 건사하지 못해 우리 엄마를 비롯한 이모들과 삼촌들에게 크나큰 고통을 안겨주었다. 그렇게 평생 당신이 살고 싶었던 대로 살다 뒤늦게 후회하고 자식들을 챙기느라 손주들까지 맡아서 키우게 된 것이다. 그러니 "변명하지 말라"는 말은 바로 자신에게 하고 싶은 말이었는지도 모른다.

하지현의 《대한민국 마음 보고서》라는 책에 이런 말이 나온다. 사는 게 힘든 요즘 사람들은 위로와 힐링을 원하고 서로 다독여 주길 바라지만 모든 상황에서 자신이 피해자고 불쌍한 사람이라는 걸 인정받기만 갈구하는 사람들도 있다고. "하지만 힘들더라도 변화는 현실을 인정하는 것에서 시작되고 이를 위해 가장 먼저 팩트를 봐야만 한다. 이를 정신분석에서는 직면confrontation이라 한다."

고통스럽고 힘들지만 그것이 현실이고, 인생은 원래 공평하지도 정의롭지도 않다는 진실을 직시하면 변명할 수 없게 된다. 나를 둘러싼 상황과 환경과 사정이야 어찌 됐든 지금까지 내 인생을 만들어 온 사람은 나였으니까. 그러니 가끔 힘들어서 변명할 수는 있겠지만 언제까지나 변명으로 점철된 인생을 살 수는 없다. 언젠가는 변명하지 말고, 도망치지 말고 맞서 싸워야 한다. 상대가 인생이든, 나 자신이든.

。

우아한 부와
천박한 부

여유가 없으면 곧바로
본성이 얼굴을 내민다.

일본 드라마 〈도망치는 건 부끄럽지만 도움이 된다〉

○

　며칠 전 꿈을 꿨다. 어쩐지 느낌이 좋아 인터넷 해몽 사이트에 검색해 보니 정말 횡재할 꿈이라고 했다. 그래서 간만에 큰마음을 먹고 5천 원짜리 로또를 샀다. 워낙 숫자엔 젬병이라 번호를 맞춰볼 엄두도 나지 않아 자동으로 사고 한 주 동안 설레는 마음으로 기다렸다. 기다리는 와중에 몇십억이 당첨되면 뭘 할까, 즐거운 고민을 했다. 제일 먼저 집을 사야지 (2년마다 이사 다니는 전세 난민 생활 이젠 정말 지긋지긋하다). 그 다음엔… 그다음엔…. 이리저리 상상의 나래를 펼쳤다. 좋아하는 고마운 친구들과 지인들을 모아 파티도 해야지. 가족들에게 인심 좋게 이런저런 걸 사줄 테야. 그렇게 며칠 즐거웠고, 토요일 저녁에 떨리는 마음으로 번호를 맞춰봤지만 꽝, 꽝이었다!

　로또로 부자가 되진 못했지만 문득 궁금해졌다. 사람들은 로또에 당첨되면 비싼 걸 사줄게, 부자만 되면 이러저러한 선행을 베풀 거야, 하며 여러 가지 공약을 자신만만하게 선보인다. 그런데 만약 정말로 그런 부를 가지게 되면 그럴 수 있을까? 로또 같은 횡재를 맞아서가 아니라 근검절약하고 성실하게 일해서 부자가 된다 해도 그럴 수 있을까? 운 좋게 부모에게 물려받은 재산으로 부자가 된다거나 운대가 잘 맞아서 주식이나 부동산 투자로 부자가 된다면 베푸는 삶을 살 수 있을까?

돈이 호령하는 현대 사회에서 가난이란 인간관계에서 사람 구실을 잘할 수 있는 화력이 떨어진다는 뜻이고, 그로 인해 저절로 위축되고 눈치를 보게 되는 걸 의미한다. 소매가 짧은 옷을 아무리 잡아당겨 봐야 길어지지 않는 것처럼 돈이 없다는 건 정말 먹고 죽으려 해도 쓸 돈이 없다는 뜻이고 그만큼 사회적으로나 개인적으로 운신할 수 있는 폭이 사정없이 좁아진다. 반면 부자는 돈 걱정 없이 가족과 벗들과 주위 사람들에게 베풀 수 있는 정신적이고 물질적인 여유가 있고, 좋아하는 걸 크게 고민하지 않고 할 수 있으며, 시간적으로도 상대적으로 자유로워진다. 그러니 부자가 된다면 모두가 꿈꾸는 이상적인 생활, 즉 가족과 주위 사람을 보살피고 지역 사회에 기여도 하며 우아하게 살 수 있을 거라고, 적어도 빡빡하고 힘들게 살아가는 사람들보다는 더 너그럽고 품위 있게 살 수 있을 거라고 나는 생각했다. 그러다 요시모토 바나나의 《매일이, 여행》이란 에세이에서 재미있는 에피소드를 읽었다.

요시모토 바나나가 어느 날 꽃집에 꽃을 사러 갔다. 꽃집에는 먼저 꽃을 사러 온 중년 부인이 있었는데 한눈에 보기에도 부잣집 마나님인 티를 노골적으로 내면서 꽃집 점원에게 자신이 요구하는 꽃다발을 만들어 달라고 까탈을 부리고 있었다. 작가는 다른 손님들을 하염없이 기다리게 하면서까지 점원을 독차지하는 그 부인이 마음에 안 들었지만, 그녀의 기세에 눌려 꼼짝도 못 하고 있었다.

그때 또 한 명의 중년 여인이 들어왔는데 좀 전의 그 여인과 비슷하게 부티가 났지만 인상이 아주 우아하고 기품이 넘쳤다. 두 번째 부인은 가게에 들어서자마자 사태를 파악하고 주인에게 가서 센스 있게 요시모토 바나나의 주문과 다른 주문들을 먼저 처리한 후 자신의 꽃을 포장해 달라고 부탁했다고 한다. 같은 부자이지만 상반된 태도를 보며, 당시 아직 미혼에 젊었던 작가는 자신이 나이가 들고 어느 정도 경제적으로 여유로워지면 그녀처럼 아름답고 우아한 부자로 살고 싶다고 생각한다. 그 에피소드를 읽자 나도 비슷한 경험을 했던 기억이 떠올랐다.

어쩌다 동네에서 알게 된 사람이 있는데 나보다 몇 살 연상이라 언니라고 부르며 몇 달 만난 적이 있었다. 그분은 부부가 다 명문대 출신에(물어보지도 않았는데 본인이 먼저 항상 강조했다) 남편이 사업을 해서 상당한 재력가였다. 그래서 만날 때마다 내가 사양하는데도 한사코 화려한 식당에서 밥을 사는 경우가 많았다. 얻어먹는 것이 부담스러워 커피는 꼭 내가 사는 식으로 적게나마 보답을 했다.

그러다 서서히 인연이 끊어졌다. 그녀를 만나면 항상 마음이 편하지 않았는데 그중에서도 유독 불편한 부분이 있어서였다. 내게는 아주 다정하고 극진하게 대해주는 사람이었지만, 식당이나 카페에 가면 항상 종업원들에게 '사모님' 티를 너무 내서 같이 있는 나와 다른 동행들까지 좌불안석으로 만들었다. 매번 그녀의 갑질에 쩔쩔매며 곤혹스러워하는 종업원들을 볼 때마다 몹시 창피하고 당혹스러웠다. 조금만 더 친했더라면 그러지 말라고 한마디 했을 텐데, 그럴 사이까진 아니었다. 결국 우리는 천천히 멀어지다 연락이 끊어지고 말았다. 지금 생각해 봐도 복잡한 마음이 교차하는 만남이었다.

반면 볼 때마다 감탄하면서 저런 부자가 되고 싶다고 생각하는 친한 언니도 둘 있다. 한 언니는 처음 만났을 때부터 타인과 나누는 마음이 몸에 밴 사람이라는 걸 알았다. 예를 들면 한 달 동안 일해서 아르바이트비로 40만 원을 받았을 때 백수였던 날 불러내서 맛있는 음식을 사주고, 커피도 사주고, 그것도 모자라 40만 원의 4분의 1인 10만 원을 자선 단체에 기부하는 사람이었다. 간호사로 일하다 병원을 그만두고 나왔을 때 받은 퇴직금의 상당 부분을 기부했고(당분간 기부할 형편이 안 될 것 같아서 미리 했다고), 그 후로 외국에 가서 고생고생하다 마침내 자리를 잡았을 때 꾸준히 주위 사람들을 도우면서 직원들에게도 다른 회사보다 아주 높은 급여와 보너스에 유급 휴가까지 주며 복지를 챙겼다. 부자라면 돈을 저렇게 써야 하는구나, 라고 옆에서 보며 혀를 내두르게 하는 언니였는데 그 마음에 하늘도 감복했는지 사업도 잘됐다.

또 한 언니 역시 대단한 재력가지만 내가 본 사람 중 가장 부지런한 데다 경우 바르고 심성이 곱다. 한겨울에 길거리에서 나물 파는 할머니나 호떡 파는 아주머니를 보면 그냥 지나치지 못하고 매번 덥석덥석 다 사 오고, 가족과 친구들만 챙기는 게 아니라 자식의 친구들, 회사 직원들, 자신이 소유한 회사 건물의 청소하는 분의 식구들까지 챙기며 넉넉하게 베푼다. 소처럼 일하면서도 사치는 일절 하지 않지만 남을 위해 써야 할 때는 통 크게 쓰는 언니를 보며 사람이 타고난 그릇에 대해 돌아볼 때가 많다.

운 좋게 만나 정이 들게 된 두 언니의 사는 모습을 보며 돈이란 저렇게 써야 한다고 많이 배웠다. 더불어 돈이 나쁘고, 돈이 요물이고, 돈이 사람을 망치는 주범이 아니라 돈은 그저 수단일 뿐이고 생각만큼 사람에게 큰 위력을 떨치는 것도 아니란 생각이 들었다. 돈이 들어오기 전에도 인색하고 옹졸했던 사람은 품에 돈이 들어와도 여유가 없고 우아해지지도 못했다. 그들은 돈이 없어서 주위에 베풀며 우아하게 살지 못했던 게 아니라 원래 타고난 그릇 자체가 작았던 것이다. 반면 마음이 넉넉한 사람들에게 돈이 생기면 원래 곱고 넉넉하고 아름다운 품성이 더 빛을 발하며 활짝 피어나는 것을 두 눈으로 직접 목격하게 되니 인생이란 것이 근시안적으로 보면 불공평하고 정의롭지 않은 것 같아도 크게 보면 결국 우주의 이치를 따라 복을 지은 사람이 잘살게 되고, 베풀며 선하게 사는 사람이 잘된다는 걸 알 수 있었다.

그렇게 여러 크기와 형태의 마음 그릇들을 보며 살다 보니 나도 어느덧 가난에 시달리던 청춘을 벗어나 조금은 여유를 가진 중년이 됐다. 이제는 내가 젊은 후배들에게 모범을 보여야 할 때가 된 것이다. 그래서 내가 아는 부자 언니들처럼 크게는 베풀지 못하더라도 항상 고마운 마음을 크고 넉넉하게 표현할 수 있는 사람이 되려고 노력 중이다. 그것이 바로 어른이 세상에 보여야 할 모범이 아닐까.

。

무례함에
대처하기

나이를 먹어가면서 나는 사람들의
이상한 말에 분명히 대처해야 한다는
것을 깨달았다.
왜냐하면 무례한 사람들은
내가 가만히 있는 것에 용기를 얻어
다음에도 비슷한 행동을 계속했기
때문이다.

정문정, 《무례한 사람에게 웃으며 대처하는 법》

○

대학 다닐 때 일이다. 어느 봄날 공강 시간에 도서관 앞에서 보드랍고 따사로운 햇볕을 쬐며 잠시 멍하니 서 있었다. 취업 준비에 바쁜 4학년이라 한껏 신경이 날카로워져 있던 때다.

모처럼 취업 걱정도 잊고 따스한 햇살에 취해 있는데 밉상 선배 하나가 다가왔다. 평소 고약한 말버릇 때문에 모두 노골적으로 싫어하는 기색을 보이는데도 줄기차게 주둥아리를 놀려대는 선배였다. 보자마자 빛의 속도로 피해야 했는데 봄기운에 취해 나른해져 있는 바람에 그만 도망칠 타이밍을 놓치고 꾸벅 인사를 할 수밖에 없었다.

강의 안 들어가고 뭐 하냐는 선배의 잔소리에 공강 시간이고 졸려서 해바라기하면서 잠시 잠을 쫓고 있다고 했다가 이어서 날아 온 선배의 말에 순간 주먹으로 명치를 맞은 듯 헉 소리가 나왔다.

"왜? 간밤에 남자친구랑 뜨거운 밤을 보냈나 봐? 남자친구가 잠을 안 재웠나 보지?"

경악한 내가 얼이 빠져서 입을 벌리고 있는 사이 그 선배는 능글맞은 웃음을 날리더니 유유히 사라졌다. 이건 뭐 지나가던 미친개에게 물린 것도 아니고. 그러나 서글프게도 그건 뇌라는 걸 탑재하지 않은 남자 선배들이 던지는 무례한 말 중 하나였을 뿐이고 그 후로도 내가 들은 막말의 역사는 길고도 길었다.

20대의 나는 어수룩하고 유약해서 그런 일을 당할 때마다 그 자리에선 어버버하다 나중에 집에 돌아오면 불끈 올라오는 화를 참지 못해 이불킥을 했다. 이제 와서 변명을 해보자면 그때는 그런 막말이 아무렇지 않게 용납되던 야만의 시대였다. 선배 말은 하늘이고, 남자 선배 앞에서 여자 후배가 담배를 피운다고 뺨을 맞던 시절이기도 했다(지금 생각하면 경악할 일이지만). 시골에서 올라왔다고 하면 너희 집엔 아들이 없나보다, 그러니 너 같은 여자아이도 서울에 올라올 수 있었지, 라는 간 큰 말을 하던 선배들이 부지기수였던 시대였다. 뚱뚱하다, 허벅지가 굵다, 피부 관리 좀 하라는 외모 품평은 셀 수 없이 들었다. 덕분에 내 평생 가장 필사적으로 다이어트를 했던 시절이었고 지금도 대학 시절을 생각하면 남자들의 언어폭력이 가장 크게 떠오르는 악몽의 시절이기도 했다.

졸업하고 사회에 나오니 내가 겪는 무례함의 강도도 더불어 증가했다. 다만 이제는 남자 선배가 아니라 나보다 더 높은 위치에서 권력을 가진 사람들이 조언이라거나 훈계라거나 때로는 노골적인 질책이라는 형태로 막말을 하거나 인격을 모독하는 사례가 늘어났다. 회화 강사로 일하던 학원에 경리 겸 강사 관리를 맡은 여직원은 사사건건 내 패션 센스를 지적하다 한번은 나보고 뽕브라의 장점에 대해 일장 연설을 하기도 했다. "남이야 뽕브라를 차건 말건 당신이 무슨 상관이야!"라고 쏘아주어야 했다고 20년이 넘은 지금 뒤늦게 열이 받는다. 그런가 하면 같이 근무하던 남자 강사는 생리통으로 배가 아파서 인상을 쓰고 있던 나에게 "배가 아프다고? 임신했어?"라는 어이없는 폭언을 날리기도 했다. 물론 그런 무례한 자들은 그런 폭탄을 던진 후 상대가 미처 반격을 하기도 전에 유유히 사라지는 신공을 발휘하는 재주가 있다.

처음 일을 시작한 영상 번역 회사에 면접 보러 갔을 때 통역사가 꿈이었다고 하니 여자 대표가 내 얼굴을 한 번 보고는 "통역사는 미모가 뛰어나야 하는 거 알죠? 거울은 보고 다녀요?"라는 말을 하기도 했다. 그 말에 바보처럼 비굴하게 웃을 수밖에 없던 그때의 나를 타임머신을 타고 돌아가 때려주고 싶다.

그러다 《무례한 사람에게 웃으며 대처하는 법》이란 책을 읽으며 모처럼 가슴이 뻥 뚫리는 구절을 만났다. "나이를 먹어가면서 나는 사람들의 이상한 말에 분명히 대처해야 한다는 것을 깨달았다. 왜냐하면 무례한 사람들은 내가 가만히 있는 것에 용기를 얻어 다음에도 비슷한 행동을 계속했기 때문이다."

이 책을 읽으며 무례한 사람들에게 그동안 나는 어떻게 대처해 왔는가 생각하니 참으로 나 자신이 한심해서 눈물이 나오려 했다. 그러나 다시 생각해 보면 그때의 나와 지금의 나 사이엔 기나긴 세월과 경험 부족이란 간극이 자리 잡고 있다. 그리고 천성이 소심한 데다 겁 많고 유약한 성격에 무엇보다 그것이 단호하게 대처해야 할 무례한 말과 행동이었다는 걸 제대로 인지하지 못한 점이 컸다. 그런 무례한 언사나 행동에 적극적으로 대처해야 하고, 그럴 수 있다는 사회적 분위기가 무르익은 것도 얼마 되지 않았다. 바꿔 말하면 그만큼 사회가 발전한 것이라고 반겨야 하는 일인지도 모른다.

이제는 나도 나이가 들어 내가 받은 모욕을 인지하고 나를 지키는 기술을 쓰는 횟수도 아주 조금이지만 서서히 늘어나고 있다. 그러니 무례한 사람들에게 당할 일도 크게 줄었지만, 그래도 가끔 기습적으로 치고 들어와 마음에 생채기를 남기는 말이나 행동을 겪을 때가 있다. 그나마 유리한 점은 나이가 들어 그런 막말을 들을 가능성이 줄어들었고, 번역 일을 하느라 실질적으로 사람들을 만날 일이 줄어들면서 불쾌한 일을 당할 가능성도 줄어들었다는 점이다.

SNS를 통해 접하는 사람들에게 무례한 말을 들었을 때는 실시간으로 대응하지 않더라도 다시 한번 상황을 냉정하게 파악해 보고 글로써 공개적으로 사과를 요구할 방법이 생겼다는 점도 좋다. 실제로 그런 식으로 내 포스팅에 무례한 댓글을 달거나 청하지도 않은 조언이나 지적을 하는 사람들에게 사과를 요구한 적도 몇 번 있다. 대부분의 상식적인 사람들은 내 의중을 파악하고 사과했다. 그래도 말귀를 못 알아듣는 사람들에게는 '차단'이라는 굉장히 효과적인 방법을 쓸 수 있어 좋았고. 현실에서도 무례한 인간을 차단할 수 있다면 얼마나 좋을까!

지금까지는 모욕과 무례와 상처를 피하는 데만 급급했지만 이제 내가 중년이 됐고, 어느 정도 하는 일에서 자리를 잡은 상황에서 오히려 내가 누군가에게 상처를 주진 않았을지 살펴야겠다는 마음이 들었다. 세상은 나이가 적은 사람보다 많은 사람이, 가진 사람이 덜 가진 사람보다, 배운 사람이 덜 배운 사람에게, 권력이(실제의 권력이건 상상의 권력이건) 많은 사람이 적은 사람에게 상처 주기가 훨씬 더 쉬운 구조로 되어 있다. 모욕을 저지르는 사람이 그 사실을 인지하지 못하는 경우도 많다. 무심코 악의 없이 한 말이 남에게 큰 상처를 줄수도 있고. 동등한 상황에서도 그런 일이 발생하기 쉽지만 앞서 언급한 것처럼 두 사람의 관계가 살짝 기울어진 상황에서 당하는 모욕은 더 아프고 오래간다.

그러니 자신의 행동과 발언을 살피는 감수성도 같이 키워야 한다. 현실은 오히려 무례를 범하는 사람보다 당하는 사람의 감수성이 더 발달해 있는 기묘한 구도로 돌아가서 안타깝지만. 그리고 혹시 자신이 그런 무례를 저질렀다면 그 즉시 사과하고 용서를 구해야 한다.

지금도 생각나는 일화가 있다. 동네에서 만나 친해진 언니가 어느 날 내가 싱글맘이란 사실을 알게 됐다. 항상 주부들 모임에 나가면 자연스럽게 남편과 시집 이야기로 꽃을 피우게 마련인데, 그날은 그 언니와 나 둘이서 차를 타고 집으로 돌아가는 길에 그런 이야기가 나온 것이다.

그게 불편해진 내가 싱글맘인 처지를 밝히자 언니는 곧바로 이렇게 말했다. "아우, 난 몰랐네. 미안해요, 산호 씨. 혹시 내가 지금까지 한 말 중에 산호 씨를 속상하게 하거나 마음 다치게 한 게 있으면 사과할게요. 몰라서 그랬어요."

사실 그 언니는 그런 식으로 내 마음을 상하게 한 적이 없었다. 오히려 다른 엄마들이 그랬으면 그랬지. 나는 그 언니의 사과를 들으며 신선한 놀라움과 작은 감동을 느꼈다. 그리고 나도 저런 태도를 배워야겠다고 다짐했다.

어쩌면 우리에게 필요한 건 타인의 무례함에 대처하는 연

습과 동시에 나도 타인에게 무례를 저지르지 않도록 자신을
돌아보고 살피는 자세일지도 모른다.

。

때로는 팩트 폭력도
필요해

직시한다고 해서 모든 것이
변하는 것은 아니다.
그러나 직시하지 않고서는
아무것도 바꿀 수 없다.

제임스 볼드윈

o

아끼는 후배가 하나 있다. 센스 있고 예의 바른 데다 타인에 대한 배려가 깊다. 유머 감각도 남달라서 만나면 빵빵 터지게 되고 상식이 풍부한 데다 젊고 날카로운 감각으로 내가 보지 못하는 세상의 이면을 짚어줄 때도 많아서 배울 게 많은 후배다. 후배에게는 꿈이 하나 있는데, 언젠가 작가가 되고 싶다는 것이다. 평소 SNS에 올리는 글도 근사해서 나는 진심으로 격려하고 응원했다. 언젠가는 꼭 작가가 될 거라고.

어느 날 후배가 짧은 소설을 한 편 썼는데 내가 한 번 읽어 줬으면 좋겠다고, 읽고 솔직하게 의견을 달라고 부탁했다. 나는 평소에 후배가 쓰는 글을 좋아하기 때문에 그러겠다고 흔쾌히 대답했다. 조금 기대가 되기도 했다. 작가를 꿈꾸는 후배는 어떤 소설을 썼을까? 후배는 유명한 화가의 그림을 소재로 이야기를 하나 만들어 봤다고 했다.

나는 후배가 보내준 파일을 출력해서 읽다가 좀 답답해졌다. 소설은 줄거리가 빈약하고 등장인물들의 캐릭터도 진부했다. 세상에 널리고 널린 그런 흔한 이야기와 다를 바가 없었다. 자연스럽게 이야기를 끌고 가는 테크닉은 좋았지만 줄

거리가 어떻게 전개될지 다 보이는 이야기를 읽고 싶은 사람이 얼마나 있을까?

　나는 고민했다. 어떻게 하면 후배의 마음을 다치지 않게 하면서 이야기하지? 아니, 섣불리 이야기했다가 괜히 작가가 되고 싶다는 꿈마저 꺾으면 낭패인데. 어쩌면 후배가 바란 건 무조건적인 지지와 응원이었는지도 몰라. 솔직히 말했다가 그야말로 팩트 폭력이 돼서 좋았던 후배와의 사이가 틀어지는 건 아닐까. 고민하던 와중에 오래전에 들었던 선배의 조언이 떠올랐다.

　내가 초보 번역가 시절에 있었던 일이다. 번역가로 데뷔한 후 두 번째로 번역한 에세이의 역자 후기를 써달라고 출판사에서 부탁했다. 역자 후기를 쓰는 건 처음이라 어떻게 써야 할지 몰라 그 책의 번역을 맡게 된 감상과 책에 얽힌 개인적인 이야기를 조금 섞어서 쓰고 당시에 자주 드나들던 번역가 인터넷 카페에 그 후기를 올렸다. 이렇게 쓰는 게 과연 맞는 건지, 어떻게 써야 하는지 궁금해서 선배들의 조언을 듣고 싶었다. 후기를 올리자 선배 번역가들은 다들 댓글로 칭찬해 줬다. 그 댓글들을 읽다 보니 나도 인간인지라 기분이 좋아지면서 뿌듯하고 살짝 우쭐해지기도 했다.

　그때 평소에 좋아하던 대선배 번역가에게서 쪽지가 왔다.

쪽지를 열어보니 내 역자 후기의 부족한 점과 나쁜 점들을 조목조목 짚어서 적은 내용이었다. 역자 후기는 영화배우가 수상식에 나와서 하는 수상 소감이 아니니 역자 본인의 개인적인 느낌이나 사연은 들어갈 필요가 없다. 독자들이 그 책이나 작가에 대해 모르는 점이나 흥미로운 사실을 알 수 있도록 객관적이고 유익한 내용으로 채워야 한다. 선배가 특유의 직설적인 화법으로 내 역자 후기를 평해서, 쪽지를 다 읽었을 때 얼굴이 화끈거릴 정도로 부끄러웠다. 솔직히 좀 속상하고 자존심이 상하기도 했지만, 그 조언 덕분에 그 후로 역자 후기를 쓸 때 좀 더 알맹이가 들어간 글을 쓸 수 있었다.

그런데 시간이 흘러 어느새 내가 후배에게 조언을 해줄 위치에 선 것이다. 나는 후배가 내 평을 듣고 실망하고, 자존심 상해하고, 속상해할 것을 상상하면서 동시에 내가 선배로서 해줄 수 있는 조언이 뭘까 다시 생각해 봤다. 진심으로 후배를 아낀다면 작품을 객관적으로 평하고 거기서 후배가 다시 시작할 수 있게 밀어줘야 한다는 생각이 들었다.

나는 예전의 그 선배를 떠올리며 후배에게 내 느낌을 있는 그대로 말했다. 평소 소심한 내 성격 같으면 이런저런 칭찬을 늘어놓으며 위로한 후에 넌지시 말했을지도 모르지만 이번에는 그러지 말자고 굳게 결심하고 단호하게 단점들을 지적했다. 그리고 다음에 후배가 쓴 글을 또 읽고 싶다고 덧붙였다.

후배는 예상보다 나의 혹독한 비판을 잘 받아들였다. 마음이 건강하고 자존감이 높은 친구라 선선히 비판을 받아들였고, 걱정했던 것과 반대로 우리의 관계는 흔들리지 않았다.

《대한민국 마음 보고서》란 책에 팩트 폭력에 대해 이런 구절이 나온다. "힘들더라도 변화는 현실을 인정하는 것에서 시작되고 이를 위해 가장 먼저 팩트를 봐야만 한다. (…) 가학적인 의도로 팩트를 들이대는 것이 아니라면 팩트 제시는 '괜찮을 거야'라는 대책 없는 위로보다 훨씬 강한 힘을 가질 때도 많다."

오래전 번역가 선배가 내게 '폭력'처럼 느껴지는 팩트를 제시했을 때 마음은 아팠지만 받아들이고 고쳐나갔다. 덕분에 번역가로서 한 걸음 더 나아갈 수 있었다. 그때는 몰랐지만 지금은 그 선배가 고맙다. 그 선배도 다른 선배들처럼 잘 썼다고 칭찬만 해줬다면 지금도 시상식 소감 같은 후기를 쓰며 자화자찬했을 것이다. 그런 생각을 하면 소름이 끼친다.

내가 팩트 폭력을 했던 후배는 어떻게 됐는지 궁금하지 않은가? 그 후배는 몇 주 후에 다시 새로운 단편 소설을 써서 내게 읽어봐 달라고 부탁했고 나는 그 소설에 반했다. 그만이 쓸 수 있는 글을 쓰라고 독려하자 후배는 내 조언을 받아들여 그사이에 일취월장한 것이다.

요즘처럼 각박하고 살기 힘든 세상에 위로와 공감은 인간 관계를 유지하는 데 없어선 안 될 필수 요소가 됐다. 하지만 선배로서, 어른으로서 때로는 위로와 공감에 앞서 쓴소리를 해야 할 때도 있다. 후배들, 젊은이들의 마음에 들고 싶어서 비위를 맞추겠다고 좋은 말만 하는 어른보다는 어렵지만 그 사람이 성장하는 데 절실하게 필요한 직언을 해야 할 때도 있다. 가끔은 그런 어른도 필요하다. 물론 어디까지나 후배가 먼저 조언을 청했을 때에 한해서다. 청하지도 않았는데 비판을 날리는 것이야말로 꼰대가 되는 지름길이므로 꺼진 불도 다시 보는 심정으로 조심하자. 어른과 꼰대 사이의 선은 생각보다 구분하기 쉽지 않다.

。

나를 알아주는
단 한 사람의 힘

우리 모두 내 말을 들어주고 나를
필요로 하고 나를 중요하게 여기는
사람들을 갖고자 하는 강한 열망을
가지고 있으며, 어떤 형태로든
그러한 열망을 확인받기를 원한다는
점을 깨달은 것이다.

오프라 윈프리,《내가 확실히 아는 것들》

○

　나보다 나이가 열 살 어린 고향 후배가 있다. 어렸을 적에 길을 가다 우연히 마주쳤을 수도 있는 그 후배는 몇 년 전 SNS에서 고향에 관해 쓴 내 포스팅을 보고 같은 고향 출신이란 걸 알게 되면서 친해졌다. 그 후로 우리는 가끔 만나 차를 마시며 고향에 대한 추억도 나누고 무엇보다 책에 대한 애정과 글쓰기에 대한 열정이라는 공동의 관심사에 대해 도란도란 이야기를 나눈다. 나보다 나이는 어리지만 기자로 일하며 익힌 현실 감각 덕분에 어떤 면에선 나보다 더 성숙한 후배를 보며 배우는 바가 크다. 후배는 후배대로 책 동네에서 오래 살아온 나에게 좋은 책을 추천받고 서로 좋아하는 작가들의 문체나 서사에 대해 이야기를 나누는 재미가 쏠쏠하다고 한다. 무엇보다 우리 둘은 언젠가는 정말 각 잡고 글을 써보자고 만날 때마다 서로 격려하고 응원해 주는 사이다.

　얼마 전에 그 후배와 오랜만에 만나 후배가 쓰고 있는 소설 이야기를 들으며 무심결에 부럽다는 말을 했다. 후배는 항상 그렇듯 선배는 잘 쓸 수 있을 거라며 몇몇 작가의 이름을 대고 그 작가와 비슷한 글을 나중에 쓰게 될 것 같다고 구체적으로 격려해 줬다. 그 말을 믿어서라기보다 후배의 열정적인 응원이 고마워 픽 웃고 말았다. 그렇게 웃다 문득 옛 기억이 하나 떠올랐다. 오래전에 날 이렇게 믿어준 사람이 하나 있었다. 나보다 더 나를, 그 누구보다 먼저 날 믿어준 친구가 있었다는 걸 그동안 까맣게 잊고 있었다.

그 친구는 대학교 입학 직전 소개팅으로 만났다. 같은 고향 출신에 내가 다니던 여고 근처의 남고를 나왔고, 우리가 같은 대학에 가게 될 거란 걸 알게 된 공통의 친구가 주선해 서울에서 어색하게 소개팅을 했다. 우리는 썸 비슷한 걸 탔지만 몇 번의 우여곡절 끝에 그냥 친구로 남기로 했고, 그때부터 그 친구는 최고의 남사친이 되어줬다. 미국 시트콤에 나오는 여자 주인공의 게이 남자친구처럼 (물론 이 친구는 동성애자가 아니지만) 마스크 팩을 붙인 얼굴로 집에 놀러 온 그 친구를 맞아 수다를 떨 정도로 허물없는 사이가 됐다. 그 친구가 사귀던 여자 친구와 헤어지면 나에게 찾아와 하소연을 하고, 반대로 내가 사귀던 남자와 싸우면 그 친구를 찾아가 펑펑 울었다. 내가 결혼했을 때 그 친구는 결혼식에 와줬고, 그 친구가 중국에서 결혼식을 올렸을 때는 나중에 신부와 같이 한국에서 만나 셋이서 밥을 먹기도 했다. 그렇게 열아홉 살에 처음 만나 그 어떤 여자 친구보다도 나를 더 잘 알았던 이 친구가 같이 어울려 다닐 때 이런 말을 했다.

"넌 글을 잘 써. 감성도 좋고. 네가 쓴 글을 보면 기분이 좋아져. 네가 나중에 꼭 글을 쓰는 사람이 됐으면 좋겠어."

그 친구가 이렇게 말했을 때 사실 믿지 않았다. 대학교 때 나는 극심한 자기혐오와 회의에 사로잡혀 나란 인간은 도무지 잘하는 게 단 하나도 없으니 대체 뭘 해서 먹고살아야 할지 모르겠다는 괴로움에 몸부림치고 있었다. 그런데 나보고 글을 쓰는 사람이 됐으면 좋겠다니. 내가 대학교에 다니던 1990년대는 출판의 황금기로 100만 베스트셀러가 빵빵 터지던 시절이었지만 대신 책은 '아무나' 쓸 수 있는 것이 아니었다. 이른바 문단이 무소불위의 권력을 휘두르던 시기로 글은 천재나 비상한 문재가 있는 훌륭하고 대단한 사람들만 쓰는 거라고 생각되던 시절이기도 했다. 그런데 감히 나 따위가? 그때 친구의 말은 믿지 않았지만, 그 말이 그래도 내가 잘하는 게 하나 정도는 있을지도 모른다는 긍정의 씨앗을 내 마음에 뿌려준 건 사실이었다.

성큼 다가왔던 봄이 다시 후퇴해 버린 듯 사나운 바람이 휘몰아치던 밤에 후배와 카페에 앉아 뜨거운 찻잔을 손으로 껴안고 책과 글에 관해 이야기를 나누다 문득 그 친구가 떠올랐다. 그때 그 친구도 이 후배와 똑같은 말을 했구나. 그때는 그 말을 믿지 않았고 그 후로 까맣게 잊어버리고 살았는데. 어느새 30년 가까운 세월이 흘러 나는 그 친구의 말대로 좋아하는 책을 실컷 읽으며 번역을 하고 종종 글도 쓰면서 살아가고 있다. 나는 믿지 못했던 친구의 말이 실현된 셈이었다. 그걸 깨닫자 그만 놀라고 말았다.

그날 밤 집에 돌아가자마자 오랫동안 방치해 뒀던 예전 메일 계정으로 들어가 그 친구의 메일 주소를 찾아봤다. 각자 사는 게 바빠지면서 연락이 끊긴 지 6, 7년 가까이 됐지만 메일 주소는 남아 있었다. 아직 그 친구가 그 메일 주소를 쓸지 알 수 없었지만 혹시나 하는 마음에 메일을 썼다. 나의 근황을 간단하게 전하고, 친구와 친구 가족의 안부를 물어본 후, 느닷없이 메일을 쓴 이유를 적었다. 너는 기억도 하지 못하겠지만, 네가 아주 오래전에 해준 말 한마디가 사실은 나도 모르게 힘이 됐던 것 같다고. 시간이 지나고 보니 네가 말한 대로 내가 지금 살고 있어서 놀랐다고. 늦었지만 고맙다는 말을 하고 싶어서 이렇게 메일을 쓴다고 했다.

메일을 보내고 답장이 올 거란 기대는 하지 않았다. 나도 그 계정을 사용하지 않은 지 오래됐고 친구가 그 메일 주소를 여전히 쓰고 있을 거란 보장은 없으니까. 그저 어떻게든 고마운 마음을 전해서 좋다, 라고 생각하고 있었는데. 며칠 뒤에 메일을 확인해 보니 답장이 와 있었다! 친구는 외국에서 사업하면서 건강하게 잘 지내고 있고, 내가 좋아하는 일을 하고 있어서 기쁘다고 했다. 우리는 가끔 이렇게 연락하고 지내기로 했다.

　오랜 친구와 정말 느닷없이 다시 연락이 닿아 마음을 주고받으며 그가 내게 해준 말 한마디의 힘을 생각했다. 나도 모르고, 나도 믿지 않은 나의 잠재력을 알아봐 주고 그걸 또 따뜻한 말로 표현해 주고 응원해 준 사람이 있었다는 행운을 그때는 미처 몰라봤다. 그렇지만 그 말 한마디가 나도 모르는 사이에 큰 힘을 발휘해 내가 여기까지 오는 데 어느 정도 영향력을 발휘했을 것이다.

　오래전 그 친구처럼 이제는 내가 누군가에게 그런 사람이 되어줘야 한다는 생각이 불현듯 들었다. 은혜를 갚는 것이다. 다만 그 친구에게 직접 갚는 게 아니라 내 옆에 있는 다른 사람들에게. 그 친구가 내게 해줬던 것처럼 내게 소중한 사람들에게 관심을 기울이며 그가 뭘 좋아하는지, 어떤 잠재력이 있는지, 그가 본질적으로 어떤 사람인지 본인도 모르는 걸 일깨워 주고 응원해 주는 것이다. 설사 본인은 내가 하는 말을 믿지 않더라도 내 말에 조금이나마 힘을 내기를. 그래서 자신이 원하는 걸 포기하지 않고 계속하다 어느 순간 내가 한 말이 맞았다는 걸 깨달을 수 있기를. 스스로에게 그런 잠재력이 있다는 걸 본인 역시 절절하게 실감하는 순간 날 떠올려 준다면 그것 역시 아주 기쁜 일이 될 거란 걸 이제 알았다. 길고

긴 터널 속을 혼자 걸어가고 있다고 생각했던 막막했던 내 청춘에 나 몰래 촛불 한 자루를 켜주는 마음으로 나를 봐줬던 친구처럼, 나도 누군가의 외로운 분투를 응원하며 마음으로 촛불 한 자루를 켜야겠다는 생각을 모처럼 했다.

。

말로 때리고
말로 살리는

간혹 이제 내 삶이 다하고
지금 내가 하는 말이 생애 마지막 말이
된다면 어떤 말을 할까 생각해 본다.
모르긴 몰라도 고르고 골라 좋은 말,
예쁜 말, 유익한 말, 누군가의 마음에
깊이 남을 수 있는 말을 하려고
노력할 것이다.

장영희, 《삶은 작은 것들로》

○

지나간 학창 시절을 생각하면 떠오르는 선생님들이 있다. 지금 생각해도 이해가 안 될 정도로 무자비한 폭력을 휘둘렀기에, 생각하면 뒷목을 잡게 만드는 경우도 있지만 반대로 지금의 내가 있게 해준 고마운 분들도 있다. 그중에서도 5학년 때 담임 선생님을 만나지 않았더라면 내 인생은 아주 크게 달라졌을 것이다. 그것도 안 좋은 쪽으로.

선생님이 처음 교실에 들어오던 날이 생각난다. 학기 초라 다들 긴장하고 서먹한 얼굴로 앉아 있을 때 깡마른 체구에 얼굴이 하얗다 못해 아파 보이는 안색의 여자 선생님이 들어왔다.

임시 반장의 구령에 맞춘 우리의 인사를 들은 선생님은 다들 목소리에 기운이 없다며 좀 더 씩씩하게 다시 인사해 보라고 했다. 그리고 출석부를 들어 아이들의 이름을 하나하나 불렀다. 거기까지는 다른 선생님들과 다르지 않았다. 그런데 1번 이름을 부른 선생님이 1번 얼굴을 똑바로 보면서 그래, 네가 ○○○구나. 잘 지내보자. 이런 식으로 아이들 모두와 눈을 마주치며 인사했다. 그렇게 기나긴 출석 체크가 끝났을 때 앞으로 많은 게 달라질 거란 예감이 들었고 그 예감은 틀리지 않았다.

선생님은 곧이어 성적이 좋은 학생이 자동적으로 반장이 되는 시스템이 마음에 들지 않는다고 하면서 성적과 상관없이 아이들 마음대로 후보를 추천하고, 원한다면 자신을 추천해도 된다고 했다. 그래서 그 어느 때보다 많은 후보들이 선거에 나왔고 결국 반에서 가장 인기 있는 아이가 반장이 됐다. 반장과 부반장을 뽑은 후에 학습 부장들을 뽑을 때도 선생님이 그냥 호명하는 방식이 아니라 한 달에 한 번씩 부장을 바꿔 반 아이들이 모두 한 번씩 돌아가며 부장을 하게 됐다. 모두 말은 안 해도 줄반장이라도 해보고 싶은 아이들의 마음을 꿰뚫어 본 것이다.

선생님은 그렇게 일상에서 아이들 하나하나를 면밀하게 관찰하고 살펴서 장점을 하나씩 찾아 키워보라고 격려했다. 내게는 국어책을 읽는 목소리가 힘이 있고 낭랑하며 책을 좋아해서 그런지 글도 잘 쓴다고 칭찬해 주었다. 학생이 60명도 넘는 반에 나라는 아이도 존재한다는 걸 발견해 주고 주목해 준 선생님은 내 초등학교 인생 처음이었다. 그건 내게 믿을 수 없는 기적과도 같았다.

가정 형편이나 성적에 상관없이 우리를 있는 그대로 사랑하고 우리 안에 잠들어 있는 잠재력을 발견해서 빛을 비춰준 선생님 덕분에 우리는 환하게 빛나기 시작했다. 매일 고문받는 심정으로 학교에 가던 나도 변하기 시작했다. 칭찬을 받으니 열심히 공부하는 재미를 알아갔고, 학교에 들어간 후 처음으로 내가 별 볼 일 없이 평범하고, 아무 특징 없는 아이가 아니라 어쩌면 제법 괜찮은 아이일지 모른다, 나에게도 재능 비슷한 것이 있을지 모른다고 은밀히 희망을 품게 됐다.

그렇게 즐겁게 학교에 다니다 5학년 말에 집안 사정으로 느닷없이 경기도 성남으로 이사를 가게 됐다. 이제야 겨우 정을 붙이게 된 학교와 좋아하는 선생님을 뒤로하고 떠나는 게 얼마나 슬펐는지 모른다. 그렇게 울며 간 성남의 학교에서 만난 6학년 담임 선생님은 악몽이었다. 지금도 그 남자 선생님이 아이들을 한 줄로 세워놓고 때리던 생각이 난다. 특히 남학생들이 많이 맞았는데 때리다 분이 풀리지 않으면 한국 영화에 나오는 조폭들처럼 날아가 이단 옆차기를 하는 그 모습! 그 학교에서 한 10개월 있다 다시 고향으로 돌아왔지만 지금도 그 엽기적인 이단 옆차기를 생각하면 모골이 송연해진다. 야만의 시간이었다.

육체적 폭력이 아닌 언어폭력은 더 비일비재했다. 중학교 2학년 때 담임 선생님은 열 개 반 중에 우리 반 성적이 항상 꼴찌 가까이 맴돌자 근성도 없고 노력도 안 하고 머리도 나쁜 너희들을 어떻게 가르쳐야 할지 모르겠다는 말을 입에 달고 살았다.

고등학교 2학년에 올라가 문과와 이과를 나눴을 때 이과를 담당했던 한 외국어 교사는 노골적으로 "문과 것들은 머리가 멍청해서 문과를 가는 거야. 머리가 좋았어 봐. 이과를 가야 하지 않아?"라는 망언을 수업 중에 했다고 한다. 그 소문을 들은 우리 문과생들은 이를 갈며 분해했다. 당시 교감 선생님은 공부 못하는 것들은 인간 대접을 받을 가치가 없다는 소리를 아무렇지 않게 하고 다녔다.

성적으로 아이들을 평가하는 교사들은 어디에나 있다. 내가 번역한《임파서블 포트리스》라는 소설에서 교장 선생님은 성적이 나쁜 주인공 소년에게 대체 네 꿈이 뭐냐고, 뭐가 되려고 이러느냐고 닦달한다. 교장 선생님의 추궁과 질책에 지친 주인공이 어렵게 용기를 내 컴퓨터 프로그래머가 돼서 게임을 만들고 싶다는 꿈을 밝히자 선생님은 비웃는다. "대체 너같이 멍청한 아이가 어떻게 그런 걸 할 수 있니? 나는 아이비리그 대학을 나왔어. 그것도 브라운 대학을 나왔는데도 여기 있는 프린터 출력도 못하고 있는데 감히 네가 어떻게 그런 걸 해?" 그 소설의 시대적 배경은 컴퓨터가 이제 막 출현한 1980년대다. 소년은 교장 선생님이 출력하지 못하는 이유를 간단하게 파악해 내지만 절대 가르쳐 주지 않겠다고 다짐한다.

성적으로, 집안 형편으로, 눈에 보이는 사회적 조건들을 기준으로 아이들을 평가하는 교사들이 짓밟았을 아이들의 잠재력을 생각하면 마음이 아프다. 그 아이들의 잠재력이 마음껏 발현됐더라면 지금처럼 '창의력'에 맹목적으로 집착하는 한국 사회는 되지 않았을 거라고 나는 확신한다. 그래도 나는 운 좋게 다시 한번 멋진 선생님과 공부할 수 있었다.

통역대학원 시험을 준비하러 간 학원에서 만난 선생님은 본인이 어마어마하게 노력해서 통역대학원에 합격했고 유학을 다녀오지 않은 한계를 극복하기 위해 테이프가 늘어지도록 들으며 청취 연습을 하고 또 하다 청력이 안 좋아지신 분이었는데, 인품 또한 훌륭하고 반듯한 분이었다. 그런 선생님 앞에서 어느 날 통역 발표를 하니 이런 말을 했다. "산호 씨에게는 하느님이 주신 달란트가 있어요. 부디 그걸 잘 쓰기 바랍니다."

그건 내가 태어나서 들은 최고의 특급 칭찬이었다. 결국 대학원에는 합격하지 못했지만 지금도 번역하다 지치거나 막힐 때면 가끔 그 말이 떠오른다. 나는 그 달란트를 잘 쓰고 있을까, 궁금해하며.

지금까지 들어온 무수한 말 중에 나를 때렸던 말들과 살렸던 말들을 생각한다. 비단 교사만 그런 말을 한 건 아니지만 어리고 감수성이 예민하던 시기에 가장 많이 접한 어른들이 바로 교사들이었기 때문에 아무래도 내 인생에 가장 큰 영향력을 미칠 수밖에 없었다. 그 시절 그 누구도 주목하지 않고, 관심 가지지 않고, 이름도 외워주지 않던 나를 바라봐 준 두 선생님을 떠올린다. 그동안 그분들이 해준 말에 의지하며 내가 들은 따가운 비난과 편견과 싸워왔다.

세월이 흘러 이제 내가 어른이 되고 번역가를 꿈꾸는 사람들을 가르치는 입장에 섰다. 내 한마디가 그들에게 미칠 수 있는 영향을 생각하며 노력한다. 내 한마디가 그들이 인생을 걸고 의지할 수 있는 한마디가 될 수 있게 하자고. 그게 안 되더라도 최소한 그들의 소망을 짓밟는 말은 하지 말자고. 누군가를 죽일 수도, 살릴 수도 있는 강력한 힘이 말에 깃들어 있다는 걸 내가 직접 경험했으니까.

작은 손을
놓지 않기 위하여

희망은 모든 멜로디가 사라졌을 때
노래하는 것.

존 맥스웰,《어떻게 배울 것인가》

o

 나는 아이를 좋아하지 않는 사람이었다. 아이만 보면 눈에서 하트가 발사되고 금방 아이와 눈높이를 맞춰가며 능숙하게 놀아주는 사람들을 보면 초능력자를 보는 것처럼 신기했다. 나란 사람은 워낙 어렸을 때부터 애어른처럼 커서 무뚝뚝한지라 내게는 동심을 이해할 수 있는 능력이 애초에 없다고 생각했다.

 그러다 서른 살에 엄마가 됐다. 놀랍게도 울음을 터트리며 세상에 나온 딸을 보자마자 내가 아이를 싫어한다는 생각이 봄에 눈 녹듯 사라져 버렸다. 내 눈에 아이는 세상에서 제일 예쁜 아이였다. 다만 아이는 예쁘지만 초보 엄마들이 겪는 어려움과 실수는 피해 갈 수 없었다. 아이에 대한 절대적인 애정과 육아로 인한 피로와 짜증 섞인 감정을 온탕과 냉탕 오가듯 하루에도 몇 번씩 오갔다. 엄마가 되는 일 역시 세상의 모든 일처럼 처음부터 잘할 수 있는 건 아니라는 당연한 사실을 온몸으로 깨우친 시기였다.

 나는 그때 산후 우울증에 시달리고 있었던 것 같다. 아이가 태어나면서 한 번도 제대로 피워보지 못한 내 꿈들이 사라지는 것 같았고, '나'라는 한 인간이 아니라 엄마로만 영원히 살아야 할 것 같아 갑갑했다. 아이를 키우는데 기저귀 하나부터 시작해서 뭐 하나 마음대로 사줄 수 없이 경제적으로 빠듯한 생활도 우울증을 키우는 데 일조했다.

시간이 흐르면서 육아에 조금씩 익숙해졌지만 그런 한편으로 내가 생각하는 이상적인 아이라는 허상에 집착했다. 그래서 아이의 응석을 잘 받아주지 않았고, 지하철이나 식당 같은 곳에서 떼를 쓰면 호되게 야단을 쳤다. 그것이 부모로서 해야 할 의무라고 생각했다.

아이가 너댓 살 정도 된 어느 날 집에만 있는 아이에게 좋은 것을 보여주고 싶은 마음에 시내에서 하는 전시회에 갔다. 끝나고 집에 가려고 지하철을 탔는데 아이가 지쳤는지 그날따라 유난히 떼를 쓰고 매달리며 소리를 지르는 바람에 나 역시 기진맥진한 데다, 민폐를 끼쳐선 안 된다는 마음에 그 조그만 엉덩이를 두어 대 때려서 조용히 시켰다. 거기가 종로 3가역이었는데 집에 가려면 내려서 열차를 갈아타야 했다.

나는 엉덩이를 맞고 얌전해진 아이의 조그만 손을 잡고 지하철에서 내렸다. 그때 누군가가 다급하게 따라 내리면서 날 불렀다. 돌아보니 생활한복을 단정하게 입은 50대 후반이나 60대 초반의 얼굴이 맑고 깨끗하게 생긴 남자가 다가와 목례를 해 나도 엉겁결에 인사를 했다. 그다음에 그분이 한 말이 너무 충격적이어서 지금도 잊을 수 없다.

"어머니, 아이를 때리지 말아주세요. 아이를 가르치기 위해서 좋은 마음으로 때리셨겠지만 그러지 마세요. 아이는 사랑으로 키워야 합니다. 아이는 아주 소중한 존재입니다. 제발 때리지 말아주세요."

난 깜짝 놀라 한동안 아무 말도 하지 못하다가 그러겠다고 대답했다. 그 노신사는 딸아이를 한 번 더 애정이 가득한 눈빛으로 바라본 후에 내게 인사를 하고 멀어져 갔다. 솔직히 말하면 그때는 화가 나기도 했다. '할아버지가 한번 하루 종일 아이를 데리고 다녀봐요. 그런 말이 나오나.' 그러나 나도 마음속으론 알고 있었다. 그 말이 맞다는 걸.

그 후로 단 한 번도 아이에게 손을 대지 않았고, 내게 엉덩이를 맞았던 아이는 어느새 대학생이 되었다. 이제는 손이 갈 일 없이 그저 삼시 세끼 잘 챙겨주고, 돈을 벌어서 학비를 대는 것이 최우선 순위인 나날을 보내고 있었다. 가끔 뉴스에서 학대를 받아 숨지거나 다친 아이들의 뉴스가 나오면 혀를 차며 생각했다. 아이를 훈육하느라 한두 번 때릴 수는 있지만 아이를 학대하는 사람은 악마라고.

그러다 《이상한 정상가족》이라는 책을 읽었다. 작가 김희경은 이 책에서 아이에 대한 체벌과 폭력 사이에 경계가 없다고 했다. 이른바 '사랑의 매'라는 것은 존재하지 않으며, 아이에게 손을 대는 모든 행위가 폭력이라는 작가의 말에 나는 고개를 갸우뚱했다. "이 세상에서 벌어지는 대부분의 아동 학대는 극히 비정상적인 사람들의 고의적 폭력이라기보다 보통 사람들의 우발적 체벌이 통제력을 잃고 치달은 결과라는 것이 그간 숱한 분석과 연구를 통해 확인된 사실이다"라는 작가의 말에도 설득되지 않으려 애썼다. 하지만 이 책을 읽은 지 불과 몇 달 후에 터진 전주 고준희 양 사망 사건을 보며 나는 어쩔 수 없이 인정해야 했다. 아이는 꽃으로도 때려선 안 된다는 것을. 아동 폭력에 대해 생각하다 문득 내가 어릴 적 읽은 소설 《나의 라임 오렌지나무》가 떠올랐다.

이 소설의 주인공 제제는 다섯 살이지만, 가난해서 모두 일을 나가야 하는 식구들은 짐을 하나 덜기 위해 제제를 여섯 살이라고 속이고 학교에 보낸다. 유달리 왕성한 상상력과 넘치는 장난기를 주체하지 못하는 제제는 식구들에게 하루가 멀다고 두들겨 맞는다. 제제는 그런 매질에 익숙해져서 자신이 태어나지 말아야 했을 악마의 자식이라고 믿게 된다. 때리는 식구들이나 맞는 제제나 그것이 폭력이자 학대라는 걸 전혀 의식하지 못한 것이다.

엄마가 돼서 다시 읽은 제제의 이야기는 다른 면에서 충격으로 다가왔다. 내가 10대였을 때는 제제가 받는 매질이 폭력이자 학대라는 걸 몰랐지만 이제는 알았다는 것이 충격이었다. 그것은 내가 이제 10대 청소년이 아니라 자식을 키우는 엄마로 입장이 달라졌기도 하고, 30년이란 세월이 흐르면서 폭력에 대한 의식과 감수성이 생겼기 때문일 것이다.

제제의 이야기는 슬프고도 무섭다. 제제를 때리는 식구들이 너무나 당연하게 그것이 사랑의 매라고 믿기 때문에. 그들은 제제를 사랑하면서도 아이는 때려서 버릇을 잡는 것이 당연하다고 믿고 있다. 그러다 제제가 죽을 뻔했는데도. 이 책은 1968년에 처음 출간됐다. 하지만 지금도 부모에게, 양육자에게 맞고 학대당하다 죽는 아이들이 그치지 않고 사회면에 등장하고 있다는 사실을 우리는 잊지 말아야 한다.

《이상한 정상가족》과 《나의 라임 오렌지나무》를 읽다 보니 오래전에 우연히 지하철에서 만났던 그 노신사가 떠올랐다. 식구들을 먹여 살려야 하는데 도무지 일자리는 구할 수 없고, 크리스마스가 됐는데 자식에게 선물 하나 사줄 수 없어 절망한 아버지가 제제를 때린 것처럼 오래전 나도 여러 가지 이유로 삶에 좌절하고 서툰 엄마로 아이의 버릇을 잡으려 들었다. 그때 아이를 때리지 말아 달라고 간곡히 부탁했던 그 노신사가 아니었다면 어쩌면 지금까지도 가끔은 체벌이 필요하다고 믿고 있었을지 모른다. 제제에겐 제제를 지켜주고 사랑해 준 뽀르뚜가 아저씨가 있었던 것처럼 그 이름 모를 노신사가 내 아이를 지켜준 건지도 모르겠다.

　세상엔 뽀르뚜가 아저씨 같은, 지하철에서 내게 깨우침을
줬던 노신사 같은 어른이 더 많아져야 한다. 아이를 낳고 기
르는 부모가 아이를 보호하지 못할 때 아이는 사랑과 믿음으
로 소중히 다뤄야 할 존재라는 사실을 일깨워 주는 어른. 그
것은 자기가 직접 아이를 낳건 낳지 않건 누구나 할 수 있는,
그리고 누구나 해야 하는 어른 노릇일 것이다. 나 역시 언젠
가는 그 노신사가 준 선물을 돌려줘야 할 때가 오지 않을까
싶다. 부디 그런 불운한 아이가 세상에 없길 바라지만.

。

어쩌면 우리는 성실의 시간을
쌓아가고 있는지도 몰라

별다른 능력이 없는 보통 사람들에게
허락된 단 하나의 재능,
그것은 바로 성실함이다.

김교석, 《아무튼, 계속》

○

통역대학원에 가겠다고 하루에 열두 시간이 넘게 공부하던 20대 말의 어느 날 호텔 일식당에 가게 됐다. 학원비와 생활비를 벌기 위해 새벽 별을 보며 나가 회사원들에게 토익을 가르치는 내가 거길 간 건 공짜로 호텔 스시를 먹게 해주겠다는 친한 언니의 유혹 때문이었다. 당시 그 언니는 강남 그것도 노른자 지역에 건물을 몇 개 가지고 있는 건물주와 썸을 타고 있었는데, 그 상대가 언니랑 언니 친구에게 저녁을 대접하겠다고 했단다. 그러니까 나는 어디까지나 스시를 먹기 위해, 내 평생 처음이자 마지막이 될지도 모르는 조물주보다 위대하다는 건물주를 구경하러 간 것이다.

언니가 미리 경고를 하긴 했지만 건물주는 언니보다 엄청나게 연상이었다. 그나마 인상은 부처님처럼 인자했지만 공짜 스시 좀 먹어보자고 멋도 모르고 나갔다가 호되게 당하고 말았다.

공짜 점심은 없다는 말이 괜히 있는 게 아니다. 언니를 통해 내가 영어를 제법 하고 통역사가 되기 위해 공부 중이란 말을 들었던 그 건물주 아저씨는 음식이 나오길 기다리며 한

담이랍시고 이런 말을 했다.

"내 밑에서 젊은 친구들이 일 많이 배웠지. 그런데 난 언어 공부하는 사람은 별로더라. 언어 공부하는 친구들은 단순해서 도무지 써먹을 데가 없어. 성실하긴 한데 사업 머리도 없고 재미도 없고."

순간 나는 스시고 뭐고, 강남의 노른자위건 흰자위건 초면에 이렇게 무례한 품평을 해도 되는 겁니까? 아저씨가 날 언제 봤다고 이딴 식으로 말합니까?! 라고 분연히 외치면서 테이블을 주먹으로 한 대 쾅 치며 일어나야 했으나… 날 데려간 언니 체면도 있고, 그때까지만 해도 심약하고 소심해서 속으로 화를 삭였다. 하지만 곧이어 나온 스시는 분하게도 입에서 살살 녹았다.

건물주 아저씨는 스시를 다 먹을 때쯤 마당발 인맥을 통해 (다시 한번 물어보지도 않은 자기 자랑) 좋은 일자리를 소개해 주겠다고 제안했으나 나는 됐다고, 지금 하던 공부를 마저 하겠다고 단칼에 거절했다. 오랜 세월이 흘렀지만 그때 거절한 건 지금도 잘했다고 혼자 대견해한다(아니, 솔직히 후회를 한두 번 한 적은 있었다. 하하하하).

돈 많고 나이 많은 남자의 전매특허인 아무 말 대잔치에 나는 왜 그렇게 마음이 상했을까? 그냥 그러려니 하면서 흘

려듣고 잊어버렸을 수도 있는데 왜 지금까지 이렇게 가슴에 사무쳐 있을까?

돌이켜 생각해 보면 '성실하다'란 말을 학창 시절부터 꾸준히 들어왔지만 그 말이 칭찬이나 찬사로 느껴졌던 적이 한 번도 없었기 때문이었다. 남들의 시선이 멈추는 화려한 외모도 아니고, 동네에서 소문이 자자한 부잣집 딸도 아닌 내가 제일 자주 들었던 '성실하다'는 평은 입에 발린 말이라도 해줄 게 없는 나머지 나온 말처럼 들렸다. 나는 이 말을 '평범하기 그지없다'는 말과 같은 말로 해석했다. 뭔가를 계속 열심히 한답시고 용은 쓰는 것 같은데 눈에 띄는 결과는 나오지 않고, 언제나 책을 보고 있는 것 같은데 공부를 특출하게 잘하는 것 같지도 않고, 뭔가 재미있는 별명을 붙여줄 만큼 개성이 번뜩이는 캐릭터도 아니고. 그저 소처럼 열심히 우직하고 성실하게 살아간다는 그 이미지가 나는 몹시 싫었다. 평범하고 무난하기 그지없는 아이가 성실하기까지 해서 더 안쓰럽다는 의미가 아닐까, 조금은 피해의식마저 드는 형용사였다. 내게 '성실'이란.

지금 생각해 보면 나를 포함한 대부분의 사람들은 오랫동안 뭔가를 열심히 해서 조금씩 쌓아가며 이뤄가는 인간형보다 어느 순간 느닷없이 튀어나온 천재를 더 흠모해 왔다. 가장 대표적인 것이 모차르트와 살리에르의 대결 아닌가. 아니,

대결이라고 할 것도 없이 언제나 모차르트가 압승을 거두고 살리에르는 아무리 노력해도 천재의 발끝에도 따라가지 못한다는 그 신화는 다양한 변주를 거치며 우리를 매료시켜 왔다. 어느 정도는 현실이기도 하고. 세상에는 노력만으로는 이룰 수 없는 것, 될 수 없는 것이 부지기수니까. 야구를 좋아해서 열심히 한다고 누구나 이승엽이 될 수 있지는 않으며, 목에서 피가 나오게 노래 연습을 한다고 임재범처럼 포효하는 목소리를 낼 수 있는 것도 아닐 것이다. 성실의 대명사인 무라카미 하루키마저 그러지 않았나? 노래를 부를 수 있는 사람이 있고, 그렇지 않은 사람이 있다고.

그러나 길게 보면 인생은 공평한 것. 작가 김교석이 말한 것처럼 신이 보통 사람에게 허락한 단 하나의 재능인 '성실함'이 빛을 발할 때가 우리의 인생에 적어도 한 번은 찾아온다. 따로 예를 들 것도 없이 사실 우리 주위는 성실한 사람들로 가득 차 있다. 거리의 아침을 여는 환경미화원부터 우리의 일상을 채워주는 무수한 직종에 종사하는 이들의 성실한 생활이 없다면 일상이란 것이 과연 존재할 수 있을까. 내가 한 사람 몫의 밥벌이를 하는 번역가가 되고 나서 만난 사람들, 특히 한 분야에서 일가를 이룬 사람들은 하나같이 성실하고 부지런했다. 흔히 작가는 영감이 찾아와야 글을 쓴다고 생각하기 쉽지만 내가 만난 대다수 작가들은 회사원처럼 아침 일찍부터 노트북 앞에 앉아 자판을 두드리며 글을 쓰는 사람이 태반이다. 그런 성실은 얼어붙은 연못 밑에서 소리 없이 흐르는 물처럼 남의 눈에 띄지 않지만 언젠가는 빛을 발하게 된다.

나 역시 내세울 만한 재능 하나 없이 영어 하나만 붙들고 여기까지 오면서 계속 글을 써왔다. 네이버에 블로그가 처음 생겼을 때 재미 삼아 만들어 보고 그때부터 세상에 공개하는 일기장 같은 개념으로 글을 썼고, 그러다 페이스북으로 넘어와서 또 글을 썼다. 도합 10년이 넘는 시간 동안 마감에 시달릴 때를 제외하면 하루이틀꼴로 글을 올렸고, 그렇게 쓴 글들이 계기가 돼 책도 쓰게 됐다.

만약 처음에 누군가가 나에게 계속 글을 쓰다 보면, 그러니까 10년도 훨씬 넘게 쓰다 보면 언젠가는 너의 이름을 건 책을 쓰게 될 거라고 말했다면 나는 비웃었을 것이다. 믿지 않았을 것이다. 그 말을 믿고 싶었다 해도 그 가냘픈 희망만으로 글을 계속 쓸 순 없었을 것이다. 내가 계속 글을 쓸 수 있었던 건 글을 쓰는 게 좋았고, 그것 외에는 달리 내가 할 수 있는 게 없었기 때문이다. 그러다 여기까지 왔다. 결국 오래전 그 건물주 아저씨의 말이 맞았는지도 모른다. 나는 우직하고 단순하고 성실하다.

이제는 '성실'하다는 말에 울컥하지 않는다. '성실'이 재능이란 말에 전적으로 동의는 못 하지만 성실한 생활 덕분에 비뚤어지지 않았으니까. 노력은 배신하지 않는다는 말이 있지만 어쩌면 노력은 우리를 배신할지 몰라도 성실은 우리를 배신하지 않는다. 노력이란 순간의 열정과도 비슷하지만, 성실이란 그야말로 삶을 관통하는 하나의 태도니까. 삶의 태도가 성실하다면 땅에 단단하게 발을 디디고 뚜벅뚜벅 걸어갈 수 있다. 세상 모든 것이 내 기대에 미치지 못하고, 믿을 수 없더라도, 성실하고 꾸준하게 생활하는 '나'는 믿을 수 있으니까.

3

아이는
커서
어른이
된다

"보이지 않는 인간을 보려면

어떻게 해야 할까?

그때 필요한 건 상상력이다.

조금만 상상력을 발휘해 보면,

그들이 눈에 들어오기 시작한다.

눈에 보이면 그때부터 세상이

달라 보이고 더 넓어진다."

。

사람은 사랑 없이
살 수 있을까

"할아버지, 사람이 사랑 없이 살 수
있어요?"
"그렇단다."
할아버지는 부끄러운 듯 고개를 숙였다.
갑자기 울음이 터져 나왔다.

에밀 아자르, 《자기 앞의 생》

○

《자기 앞의 생》에서 할아버지와 사랑에 관해 이야기하다가 갑자기 울음을 터트린 주인공 모모를 생각하자 나 역시 울음이 터질 것 같았다. 창녀들이 맡긴 아기들을 키워주는 유대인 로자 아줌마에게 갓난아기 때 가게 된 모모. 모모는 로자 아줌마가 자기를 사랑하기 때문에 돌봐주고 있으며 두 사람이 서로에게 꼭 필요한 존재라고 생각하고 있었다. 그런데 누군가가 매달 보내주는 돈 때문에 아줌마가 자기를 돌보고 있다는 사실을 예닐곱 살 무렵에 처음 알고 밤이 새도록 목 놓아 울었다. 그것은 모모가 느낀 "생애 최초의 커다란 슬픔"이었다고 작가 에밀 아자르는 묘사했다.

누구나 마음속에 품고 있는 이상적인 유년기가 있다. 사랑받기 위해 그 어떤 노력도 할 필요 없이 내가 나라는 이유 하나만으로 사랑과 귀염을 받던 시절. 원하는 모든 게 이루어지고, 나의 모든 말과 몸짓을 경이롭게 봐주는 사람들이 존재하는 시절. 영원히 행복만 계속될 거라고 믿었던 시절. 세상의 모든 피터 팬들이 그토록 떠나기 싫어하는 찬란한 시간.

아이는 무조건적으로 사랑받고 있다고 느껴야만 원하지도 않은 세상에 태어난 고통을 잊고 조금씩 사람의 꼴을 갖춰가며 커갈 수 있다. 물론 모든 아이들이 그런 행운을 타고나진 못한다. 서글프지만 그것이 현실이다. 소설 속 모모가 그러했듯이.

나에게는 운 좋게 그런 꿈같은 애정에 담뿍 잠겨 있던 시기가 있었다. 세 살 터울로 여동생이 태어나는 바람에 장사하면서 갓난이 동생을 돌보느라 바빴던 부모님은 네 살이었던 나를 잠시 외가에 맡겼다. 외가는 충청북도 음성 시골 마을에 있었다. 외할머니는 초등학교 교사였고 외할아버지는 그 학교 교장 선생님이었다. 외가라고 하지만 외할아버지와 외할머니는 당시 재혼한 지 1, 2년 정도밖에 안 된 신혼부부여서 엄밀히 따지면 외할아버지와 나는 피 한 방울 섞이지 않은 남이었다.

그러나 내가 지금까지 조금이나마 마음속에 온기를 가진 사람으로 살아갈 수 있게 해준 장본인은 바로 외할아버지였다는 생각은 지금도 변함이 없다. 외가에서 첫아이로 태어난 나는 부모님과 친척들에게 사랑을 많이 받았지만, 외할아버지는 그중에서도 유독 나를 예뻐했다. 퇴근하면 항상 어린 나를 목말을 태우고 동네방네 산보를 다녔고, 혈압이 높은데도 약주를 좋아하는 습관 때문에 외할머니에게 야단을 맞고 속이 상할 때면 또다시 날 목말을 태우고 동네 한 바퀴를 돌곤 했다. 어느 날은 그렇게 학교 운동장을 돌다 철봉에 이마를 찧었던 적이 있다. 피가 철철 흐르는 내 이마를 보고 혼비백산한 할아버지가 허겁지겁 나를 안고 집에 뛰어왔다. "계집애가 이마에 숭이 지면 팔자가 사납다는데 어쩔 거냐!"라는 할머니의 불호령에 기가 죽던 할아버지의 표정이 지금도 눈에 선하다.

한번은 할아버지가 동네에 있는 과수원에 날 데리고 갔다. 사과 과수원이었는데 산더미처럼 쌓인 사과에 압도됐던 기억이 지금도 생생하다. 사방 천지에 사과가 있었다. 셀 수도 없이 산처럼 쌓여 있는 사과 앞에서 내가 멍하니 입을 벌리고 있자, 과수원 아줌마들이 깔깔 웃으며 먹고 싶은 만큼 사과를 가져가라고 했다.

나는 입고 있던 노란색 원피스 치마폭을 펼쳐서 사과를 욕심껏 담았다. 그래봤자 네 살짜리 치마에 얼마나 담을 수 있었겠나. 몇 개 담으면 또르르 흘러내리던 사과를 잡으러 여기저기 뛰어다녔다. 그 새빨간 사과들을 두 팔 가득 안고 집에 돌아와 한 입씩 베어 물 때마다 입 가장자리로 단물이 줄줄 흘러내렸다. 내가 부모님에게 돌아간 후에도 외가에선 종종 사과를 보내줘서, 사과를 먹을 때마다 할아버지가 생각났다. 그래서인지 지금도 내가 제일 좋아하는 과일은 사과다.

약주를 유난히 좋아해 외할머니에게 종종 혼나던 외할아버지는 그 후 중풍에 걸려 일찍 세상을 뜨셨다. 사실 네 살 때 같이 살았던 그 행복한 몇 달 이후로 할아버지를 뵙지 못했다. 하지만 흑백 사진 앨범 속에서 할아버지의 목말을 타고 활짝 웃고 있는 내 사진을 볼 때마다 가슴이 저릿저릿하게 그리워진다. 아직 여물지 못한 어린 가슴에 사랑이란 이렇게 따사롭고 보드랍다는 걸 가르쳐 준 분이 내 핏줄이 아니란 사실은 아이러니하다. 그때 사랑받았던 기억은 유년 시절 힘들었을 때마다 한 번씩 더듬어 보았던, 내 마음의 반창고다.

로자 아줌마는 슬피 우는 모모를 무릎에 앉혀놓고 모모가 세상에서 제일 소중한 존재라고 맹세하지만, 모모는 좋아하는 이웃인 현명한 하밀 할아버지를 찾아가 사람이 사랑 없이도 살 수 있냐고 물어본다. 그렇다고 말하며 부끄러운 듯 고개를 숙이는 하밀 할아버지와 울음이 터져 나온 모모의 얼굴을 떠올리면서 나는 이런 질문을 대체 언제 했던가, 라는 생각에 그만 아득해지고 말았다. 그동안 이 질문에 '사랑' 대신 '돈'을 넣어 '돈 없이 살 수 없다'는 지상 최고의 명제를 실천하느라 너무 바빴던 게 아닐까.

돈 없이 살 수 없는 건 나만이 아니라 소설 속 모모도 마찬가지지만 그래도 모모는 어떻게든 살아냈다. 그건 역설적으로 인간은 사랑 없이 살 수 있다는 하밀 할아버지의 말과 달리 로자 아줌마와 모모가 서로 깊이 사랑했기 때문에 가능한 일이었다. 모모를 너무 사랑하기 때문에 자신의 곁을 떠나간 수많은 아이들처럼 보내고 싶지 않았던 로자 아줌마는 모모의 나이를 속여 키웠다. 모모는 하염없이 늙어버린 로자 아줌마가 중병과 치매에 걸렸을 때도 열네 살 먹은 아이가 할 수 있는 모든 지혜를 짜내고 임기응변을 동원해 사랑하는 아줌마를 죽는 순간까지 보살핀다.

양육비가 끊겨버린 아이들을 차마 내치지 못하는 로자 아줌마처럼 자신을 사랑으로 키워준 아줌마를 버리고 도망치지 못하는 모모가 가혹한 운명을 버텨낼 수 있었던 동력은 결국 사랑의 힘이었다. 그러니까 하밀 할아버지의 말이 절반은 틀렸다. 사람은 사랑 없이도 살 수 있지만 사랑 때문에 살 수도 있는 것이다.

외할아버지가 나를 아끼고 사랑해 줬던 것처럼, 세상에는 아이에게 사랑을 가르쳐 주는 어른들이 있어야 한다. 사랑이 꼭 피를 나눈 가족의 전유물이어야 할 필요는 없다. 부모, 자식, 친구, 연인, 선생님, 동료, 선배, 후배, 혹은 지나가는 어떤 다정한 어른. 어떤 카테고리로 들어가건 혹은 어떤 카테고리로 묶을 수 없는 사이더라도 사랑을 주고받을 수 있다면 그것으로 충분하다. 그 사랑이 누군가의 삶에 언제건 반드시 힘이 되는 때가 있을 것이다. 우리는 돈이 위세를 휘두르는 세상에서 살아간다고 생각하지만, 사실 사람을 버티게 하는 근원은 사랑이다.

。

어른의 속도
아이의 속도

나는 글을 늦게 깨우친 탓에
초등학교에 다닐 때만 해도 세상에서
공부가 가장 싫었다.
하지만 그 이유는 부모님께 비밀로 했다.
싫은 것을 참으면 어른들은 안심한다.

모리 히로시,《기시마 선생의 조용한 세계》

ㅇ

내겐 조카가 하나 있다. 여동생이 낳은 아들로 내 딸보다
일곱 살 어리다. 동생이 출산했다는 소식을 듣고 병원 안에
있는 산후조리원에 가서 핏덩이 조카를 처음 봤을 때 무척이
나 경이롭고 사랑스러웠다. 내 딸과는 또 다르게 예쁘고 보자
마자 정이 가는 걸 느끼며 핏줄이란 이렇게 본능적이고 끈끈
한 것인가, 하고 더럭 놀랐던 기억이 있다.

동생 부부가 맞벌이여서 엄마가 동생 집에서 같이 살며 갓
난아기 때부터 키워주게 됐다. 조카는 그렇게 외할머니와 부
모의 사랑을 듬뿍 받는 데다 외동인 내 딸도 사촌 동생을 너
무나 예뻐해서 자주 이모 집에 놀러 가 조카와 놀아줬고, 중
학생이 됐을 때는 초등학교에 들어간 사촌 동생에게 간단한
셈과 영어를 가르치는 과외 비슷한 걸 하기도 했다. 나 역시
동생 집에 갈 때마다 부쩍부쩍 자라 있는 조카가 내 아들같
이 든든해서 볼 때마다 흐뭇해지곤 했다.

조카에겐 한 가지 안 좋은 습관이 있었다. 워낙 마음이 약
해서 툭하면 울음을 터트렸다. 누가 뭐라고 야단을 치지 않아

도 걸핏하면 눈가가 빨개지면서 울먹거리고, 매사가 제 뜻대로 되지 않거나, 분하거나, 억울하거나, 짜증이 나면 울음을 터트리는 식으로 모든 의사를 울음으로 표현했다. 식구들에게만 그러면 그나마 다행일 텐데 친구들하고 있을 때도 그러니 걱정이라고 엄마는 여러 번 이야기했다. 그런 말을 들으니 나도 덩달아 걱정이 됐다.

그러던 어느 해 어린이날, 조카 선물을 사 가지고 동생 집에 갔는데, 조카는 그날따라 뭔가 화가 나는 일이 있었는지 내 선물도 보는 둥 마는 둥 울음을 터트리며 심통을 부렸다. 그 모습을 보자 성질이 급한 나는 왈칵 화가 치밀었지만 차마 아이에게 화를 낼 순 없어 참았다.

다음 날 집에 돌아와 딸아이와 집 근처에 있는 공원에 산책을 갔다가 조카 이야기가 나왔다. 나는 중학생인 딸을 상대로 조카 녀석이 너무 울음이 흔하다며 어떻게든 호되게 야단을 쳐서라도 고쳐야 하는 게 아닌가, 푸념을 늘어놓고 있었다. 그러다 딸아이가 하는 말에 순간 내 귀를 의심했고 곧이어 생각이 짧았던 내가 부끄러워졌다. 딸은 이렇게 말했다.

"그래도 호야는 많이 좋아진 거야. 전처럼 그렇게 자주 울진 않아. 호야는 아직 어리니까 더 기다려 줘야지. 기다려 주면 조금씩 좋아질 거야."

고작 중학생인 아이의 입에서 나보다 더 어른스러운 말이 나오자 순간 얼굴이 화끈거릴 정도로 부끄러웠다. 동시에 '나는 내 딸을 그렇게 기다려 줬을까?'라고 자문하니 숙여진 고개가 한없이 더 숙여졌다.

일하느라 딸아이가 어렸을 때 자주 놀아주지도 못했고, 가끔 놀이터에 데리고 나가도 시간을 잊고 즐겁게 모래 장난을 하는 아이를 느긋하게 기다려 주지 못하고 어서 집에 가자고 재촉하던 나. 아이가 초등학교에 입학해서 종종 준비물을 잃어버리고 갈 때마다 칠칠하지 못하다고 야단부터 치던 나. 어렸을 때 같이 여행 다니면 하나라도 더 보여주겠다는 조바심에 좀 더 빨리 걸으라고 재촉하던 나. 나는 아이의 속도를 배려하지 못하고 언제나 내 속도에 맞춰 몰아치기만 했는데 아이는 어느새 훌쩍 커서 동생을 배려하고 있었다.

조카는 조카 나름의 방식으로 자신이 싫어하는 것을 표현한 것이고 그것이 울음이었을 것이다. 내가 화가 난 이유는 조카가 사소한 불편이나 실망이나 분노 같은 감정을 참는 법도 배우면서 커야 한다고 생각해서였다. 그것은 울음이 흔한 조카가 앞으로 겪어야 할 사회생활을 걱정하는 이모의 마음도 있었지만, 한편으로는 그런 상황 자체가 싫은 마음도 있었다.《기시마 선생의 조용한 세계》에 나오는 주인공처럼 조카가 울고 싶은 마음을 그냥 참았더라면 나는 안심했을 것이고 그래서 몰랐을 것이다. 조카의 마음을, 내 딸의 마음도.

조카의 우는 버릇은 그 후로 아주 천천히 좋아졌고, 나는 조카가 울어도, 딸아이가 이해할 수 없는 행동을 해도 전보다 느긋하게 바라볼 수 있게 됐다.

내가 나이 들어가는 동안 아이들은 쑥쑥 자라고 있었다. 늙는 것도, 자라는 것도 그만의 속도와 단계를 밟아가야 하는데 어렸을 때 어른들의 존중과 배려를 받지 못하고 자란 아이가 커서 타인을 존중하고 배려하기란 쉽지 않다. 어른보다 몸이 작고 경험도 상대적으로 적은 아이들의 마음을 헤아려 주는 것이 어른일진대 정작 그 방면으로 서툴렀던 내가 운 좋게 딸에게서 배우고 있다.

조금 더 시간이 흐르면 딸은 어엿한 성인이 되고 나는 허리가 꼬부라지고 무릎에서 힘이 빠진 노인이 될 것이다. 그때 딸의 속도와 나의 속도는 또 달라지겠지. 다리가 아파 빨리 걷지 못하는 나의 속도를 굳이 말하지 않아도 딸이 먼저 눈치채고 기다려 주길 바란다면 나 역시 딸이 성숙해지는 속도와 과정을 기다려 주고 배려해 줘야 한다. 조금 늦긴 했지만 너무 늦지 않게 이 중요한 이치를 배울 수 있어 얼마나 다행인지.

。

책이라는
묵묵한 친구가 있다

나같이 유약한 사람은
가끔 책으로 달아나기도 해야
엄혹한 생을 지속할 수 있다.

박총, 《읽기의 말들》

○

　나를 책의 세계로 인도한 사람은 아빠였다. 밤마다 자기 전에 동화책을 읽어줬다거나 먼저 책 읽는 모범을 보였다는 그런 낭만적인 이야기가 아니다. 내가 어렸을 때 계몽사 전집 외판원을 잠깐 하던 아빠가 집에 동화 전집 한 질을 갖다 놓은 것이 계기가 됐다.

　내 나이 일곱 살, 매일 해만 뜨면 집 밖으로 뛰어나가 아이들과 노는 것도 지겨워지고, 비라도 오면 꼼짝없이 방에 갇혀 애벌레처럼 방바닥을 데굴데굴 굴러다니던 것도 싫증 날 때가 있는 법. 그러다 방 한쪽에 있는 책꽂이에 꽂혀 있던 반짝거리는 표지의 새 책 중에서 아무 책이나 한 권 뽑아서 제목을 읽어봤다. 엑토르 말로가 쓴 《집 없는 아이》였다.

　그때 부모님 성화에 가까스로 배운 한글로 책을 읽을 수 있다는 사실을 처음 깨달았고, 그다음으로 책이 너무나 재미있는 물건이라는 걸 알았다. 신대륙을 발견한 느낌이었다. 그때부터 지금까지 책은 내 곁에 항상 있었다.

　그렇게 아빠가 열어준 책 세계의 문이 닫히지 않게 지켜준 사람은 엄마였다. 아침부터 일하러 나가는 엄마는 나와 동생이 자는 밤에 종종 책을 읽었다. 자다 오줌이 마려워 깨면 희미한 전등불 아래 엄마가 내 옆에 엎드려 책을 보거나 좌상 앞에 앉아 책을 읽는 모습이 보였다. 엄마는 책을 읽는 것만큼이나 사는 것도 좋아해서(내가 다 읽지도 못할 책을 사서 쟁이는 건 유전이다) 넉넉하지 못한 형편에도 우리 집 책장에는 각종 문학 전집과 미술 화보와 건축 사진집이 꽂혀 있었다. 그런 전집들은 다 세로쓰기여서 감히 읽을 엄두는 내지 못했고 가끔 읽을 만한 책이 없을 때 두껍고 무거운 화집을 한 권씩 꺼내 보곤 했다. 화집에는 살집이 풍부한 여자들이 벌거벗고 있는 그림이 많았는데 그걸 보며 어른들은 취향도 참 별나다고 생각했다.

좌상 앞에 앉아 책을 읽는 엄마의 등을 볼 때면 어쩐지 안심이 됐다. 그때 엄마는 우리와 같이 있는 여기가 아닌 다른 세상에서 잠시 쉬고 있는 것처럼 보였다. 사람들은 곱게 화장하고 가게에 앉아 있는 엄마가 미인이라고 했지만, 나는 화장을 지우고 말간 얼굴로 책을 넘기는 엄마가 더 아름다워 보였다.

세월은 꼬박꼬박 그치지 않고 흘러가서 책 읽는 엄마의 등을 보고 자란 내가 엄마가 됐다. 변한 건 나 혼자만이 아니어서 책을 많이 읽은 사람이 지적이고 멋지다는 말을 듣던 시절도 막을 내렸다. 책에서 위로받고 책에서 지혜를 구하고 아무 대가도 바라지 않은 채 독서 그 자체에서 기쁨을 찾던 시대는 이제 끝났다는 징후가 곳곳에 나타났다. 내가 학교 다닐 때 책을 많이 읽는 아이는 문학소녀나 문학소년이란 애칭으로 불렸는데 거기엔 일말의 부러움이나 선망이 서려 있었다. 하지만 요즘 학교에서 책을 많이 읽는 아이들은 그저 빈정거림의 대상일 뿐이라는 말을 들으니 아득해졌다.

책이 이렇게 천덕꾸러기 신세가 된 데는 경제적인 이유가 가장 클 것이다. 서른 즈음에 책 읽기에 빠진 나를 보고 그다지 가깝지 않던 한 지인이 이런 말을 했다. "너 정말 존경스러워. 읽어봤자 돈 한 푼 안 나오는 책을 어쩜 그렇게 열심히 읽니? 그것도 참 대단한 용기야." 그렇게 말한 지인은 나와 동갑으로 대학에서 수학을 전공한 덕분에 고액 과외 여러 건을 굴리면서 항상 부동산 시세에 관심이 많았다. 오래전에 인연이 끊어진 그 사람은 지금 뭐 하고 살까? 부동산 투자로 부자가 돼서 떵떵거리며 살고 있을까? 여전히 책 따위 읽지 않으면서?

내가 용감하다는 디스를 받으며 세상 물정 모르고 책에만 코를 박고 있는 사이 세상은 점점 더 돈 없이는 살 수 없는 곳으로 변해갔다. 1997년 IMF 체제가 시작됐을 때 의식 있는 학자들은 이제 피도 눈물도 없는 신자유주의가 한국을 지배해 서민들의 삶이 말할 수 없이 피폐해질 거로 전망했다. 그런 불길한 예언에 귀를 기울이는 사람은 많지 않았다. 그때를 기점으로 시작된 중산층의 끝없는 추락을 사람들은 이제야 직시하기 시작했다. 당시 강제 명퇴당했거나 해고된 이들은 결국 기존의 중산층 지위를 회복하지 못했다.

IMF 체제를 벗어난 지 30년이 다 되어가는 지금 책을 읽을 수 있는 저녁은 우리 인생에 없는 항목이다. 일은 살인적으로 하는데 월급은 현재 생활 수준을 유지하기에도 버거운데다 여기에서 밀려나면 끝장이라는 위기감이 일상을 지배하니 책 따위 머릿속에 들어올 리 만무하다. 이제 정말로 책 따위 있어도 그만 없어도 그만이 돼버렸다.

이런 상황에서 가장 큰 피해자는 아이들이다. 이제는 서울의 명문대를 나온다고 해도 제대로 된 양질의 일자리 자체가 사라지고 있지만 별다른 대안이 없어서 아이들은 여전히 대입을 향해 전력 투쟁 중이다. 유치원부터 각종 학원을 뺑뺑이 돌며 수면 부족, 놀이 부족, 시간 부족에 시달리는 아이들을 보면 좁은 닭장 안에 서 있을 자리도 없을 만큼 빽빽이 몰아넣고 알을 낳으라고 하루 종일 전구를 켜놓는 처참한 환경에서 사육당하는 닭들이 떠오른다.

이런 치열하고 삭막한 시대에 아이들이 책을 읽어야 하는 이유는 어쩌면 바로 이 한 문장 때문인지도 모른다. "책이란 묵묵히 옆에 있어 줄 수 있는 유일한 친구다"라는 말. 부모가 자식의 인생에 개입해서 영향력을 미칠 수 있는 것은 아이가 몇 살 때까지일까? 부모에게 건물이 몇 채 있어서 자식의 평생을 책임질 수 있는 재력이 있으면 모르지만, 설사 그런 재력을 다 쏟아부어도 인생 망가지는 자식을 여럿 봤다.

아이들이 일정 시기를 거쳐 부모에게서 독립해 자기만의 생을 꾸려가려고 할 때 그 아이를 지켜줄 수 있는 만능 도구이자 믿을 만한 친구이자 강력한 무기는 바로 책이다. 그런데 이런 책을 깊이 있게 읽을 수 있는 독서 체력은 하루아침에 생기는 게 아니다. 평소에 걷는 것도 싫어하는 사람이 갑자기 마라톤에 나갈 수 없듯이 책은 손에도 잡지 않는 사람이 결심만으로 매일매일 책을 읽어나가는 생활은 꿈꿀 수 없다. 책을 읽어야 한다는 강박관념 없이 책이 머그잔이나 베개나 핸드폰과 같은 일상의 사물이 될 때, 그럴 때 책은 강력한 우군이 된다.

부모가 아이에게 그런 우군을 지원해 주려면 먼저 책을 읽는 방법밖에 없다. 그것이 마법의 서랍 정리법이어도 상관없고 주식으로 대박 나는 법이어도 상관없다. 생활하면서 언제나 책을 가까이하는 부모를 보면 아이들은 인생에서 길을 잃었을 때 책에 의지하는 방법도 있다는 걸 알게 된다. 일단 그걸 알면 그다음은 아이가 알아서 책 세상을 탐험하게 놔두면 된다. 부모가 아이에게 물려줄 수 있는 유일한 선물은 인생이란 사막을 건너갈 수 있는 나침반이 될 독서 습관인지도 모른다.

。

안 보이는 사람을
볼 수 있다면

안 보이는 사람의 나라가 있다.
삶에 대한 상상력이 직업에 대한
정보력을 넘지 못하는 수준이다 보니,
우리는 우리를 모르고 사람의 이야기는
사라져간다.

은유, 《싸울 때마다 투명해진다》

○

딸이 어렸을 때 둘이 자주 영화를 보러 갔다. 아이랑 놀아주는 법이 서툴고 항상 일하느라 바쁜 엄마였던 나는 그래도 같이 뭔가 즐기고 싶은 마음으로 극장에 자주 데리고 갔다. 디즈니에서 나오는 애니메이션은 다 섭렵했고, 아이의 연령대가 볼 수 있는 영화는 내 시간과 영화 내용이 허락하는 한 어지간하면 다 봤다. 덕분에 아이도 나처럼 영화를 좋아하게 됐고, 언젠가부터 새로운 영화 예고편이 나오면 나나 아이가 제안한 후에 둘 다 마음에 들면 보러 가게 됐다. 단, 공포 영화만 빼고.

나는 피와 살점이 튀는 장면이 일상적으로 나오는 스릴러 소설을 번역해서 먹고살아 온 주제에 공포 영화는 무서워한다. 활자로 펼쳐지는 잔인한 살육의 장면은 아무렇지 않게 번역하는 반면 어두운 화면에서 허연 물체가 슥 지나가는 장면은 기절할 것같이 무섭다. 반면 아이는 10대에 들어서자 공포 영화에 푹 빠져서 친구들과 종종 공포 영화를 보러 갔다. 10대들이 왜 그렇게 공포 영화를 좋아하는지 모르겠지만 내 짐작으론 어른들의 제지를 받지 않고 마음껏 소리 지를 수 있어서이지 않을까?(그런 용도로 노래방도 있지만.)

그러던 어느 날 새 영화 예고가 떴다. 그것도 내가 좋아하는 배우 샤를리즈 테론이 스파이로 분해서 베를린 장벽이 무너지는 역사적인 시대를 배경으로 흥미진진한 첩보극을 펼치는 내용이었다. 두근두근 설레는 마음으로 인터넷에 나온 예고편을 봤는데 감각적이고 화려한 배경 음악에 맞춰 샤를리즈 테론이 남자 악당들을 사정없이 때리고 패대기치는, 그야말로 걸 크러시가 폭발하는 장면들이 이어졌다.

잔뜩 흥분한 나는 아이가 학교에서 오기만 기다렸다가 호들갑스럽게 그 영화를 이야기하면서 같이 예고편을 보자고 했다. 아이도 〈매드맥스: 분노의 도로〉에 나온 샤를리즈 테론의 팬이었기 때문에 당연히 그 예고편에 반하리라 생각하며.

그런데 생각지 못한 반전이 있었다. 예고편 중간에 샤를리즈 테론이 다른 여자 첩보원과 진하게 키스하며 사랑을 나누게 될 것을 암시하는 장면이 있었다. 번개처럼 스쳐 가는 그 장면을 본 아이가 웩 하고 소리를 지르며 말했다. "저게 뭐야! 너무 더럽잖아." 아이는 그렇게 폭탄을 하나 던져놓고 예고편이 그저 그렇다면서 가버렸다. 결국 그 영화는 나 혼자 봤고, 보고 나니 아이가 안 보는 편이 나았다는 생각은 들었지만 예고편에 나온 동성애 장면에 아이가 보인 반응이 계속 내 머릿속에서 떠나질 않았다.

아이가 그 예고편을 봤을 때는 중3이었다. 그동안 아이와 나는 남녀 배우가 키스하는 장면을 함께 무수하게 봤다. 요즘 키스 정도야 TV와 영화를 비롯해 어디서나 흔하게 볼 수 있으니 아이와 그 장면을 봤을 때도 별생각을 하지 않았다. 그런데 우리가 지금까지 본 건 이성 간의 키스 장면이었고, 아이는 처음으로 동성 그것도 여자들 간의 키스 장면을 보고 더럽다고 생각한 것이다.

아이를 키우면서 나이는 어리지만 그만큼 생각이 열려 있어서 편견에서 자유롭다고 자주 느꼈는데, 그런 딸에게도 편견이 있었던 것이다. 아이가 동성연애자의 키스 장면을 보고 더럽다고 느낀 것은 그들에 대해 몰랐기 때문이고, 더 정확히 말하면 그런 장면에 노출된 적이 없었기 때문이다. 나는 아이에게 동성애와 동성애자들에 대해 어떻게 가르쳐야 할지 한동안 고민했다. 보이지 않는 사람들이 있다고 해서 그들이 아예 세상에 존재하지 않는 건 아닌데. 아이는 살아가면서 앞으로 자신과 다른 사람들을 무수히 만나게 될 것이다. 그때마다 그들에게 어떻게 반응하게 될까?

미국 작가 랠프 엘리슨이 쓴 《보이지 않는 인간》이라는 소설이 있다. 그 소설은 이렇게 시작된다.

"나는 보이지 않는 인간이다. 아니, 그렇지만 에드거 앨런 포를 사로잡은 유령이나 할리우드 영화에 나오는 심령체 같은 존재라는 말은 아니다. 나는 살과 뼈가 있고, 섬유질과 체액으로 이루어진, 실체를 지닌 인간이다. 게다가, 어쩌면 정신까지도 있다고 할 수 있다. 내가 보이지 않는 이유는 사람들이 나를 보려고 하지 않기 때문이다."

남북 전쟁이 끝나고 공식적으로는 흑인 차별이 폐지됐지만 여전히 공기처럼 사회 모든 영역에 스며 있는 차별 속에서 살아가는 한 평범한 흑인 청년이 몰락해 가는 과정을 그린 이 소설을 관통하는 메시지는 '보이지 않는 인간'이다. 이 통렬한 메시지는 소설이 처음 출판된 1952년으로부터 오랜 세월이 흐른 지금 우리 사회에도 강력한 힘을 발휘한다.《싸울 때마다 투명해진다》의 작가 은유의 말처럼 '남자, 이성애자, 서울 출신, 명문대 졸업, 전문직 종사자'라는 기준에 이어 결혼, 아이 둘, 아파트(빌라가 아닌 아파트)의 소유와 아파트의 위치, 보유한 차종, 아이의 사교육 정도, 연봉과 같이 섬세하고 치밀하게 짜인 위계 체제의(혹은 신분 체제) 기준에 미치지 못하는 사람들은 주류가 아닌 변방으로 밀려나다 결국은 보이지 않는 사람이 되고 만다. 그런 운명을 피하고자 태어나는 순간부터 어린이집을 예약하는 경쟁을 시작으로 무덤에 들어가는 순간까지 안간힘을 쓰게 되고 그 와중에 표준이 아닌 형태의 삶에 관한 이야기는 좀처럼 듣거나 보기 힘들게 된 것이 우리 사회다.

동성애에 대한 무지와 편견 때문에 그런 사람들이 영화의 화면 속에서만이 아니라 현실에, 바로 옆에 엄연히 존재하며 같이 살아가고 있다는 것을 모르는 아이는 무심결에 그런 사람들의 마음을 다치게 할지도 모른다. 이런 기준이 얼마나 폭력적인지는 경험해 보지 않으면, 관심을 가지지 않으면, 나와 다른 사람들을 이해하고 그들의 입장에 서보려는 노력을 하지 않으면 결코 알 수 없다. 나 역시 그런 경험을 통해 조금씩 더 타인에 관심을 가지게 됐다.

　몇 년 전 아이와 같은 반 엄마에게서 엄마들 몇 명이 모이기로 했는데 나도 참석해 줬으면 좋겠다는 문자가 왔다. 일하는 엄마라 그런 모임은 습관적으로 불참했지만 그때는 거절할 수 없을 정도로 강력한 어조에 어쩔 수 없이 갔다. 엄마들은 그 자리에서 최근에 아이들 간에 일어난 싸움에 관해 이야기를 하면서 어떻게 수습할지 의논했고 나는 조용히 들었다. 그렇게 30분 정도 의논해서 결정한 후 엄마들은 긴장을 풀고 다른 이야기를 시작했다. 그러다 한 엄마가 무심코 던진 말에 순간 가슴에 비수가 꽂히는 것 같았다.

　"A가 알고 보니까 엄마랑 아빠가 이혼했더라고요. 이제 엄마랑 둘만 산다는데 애가 좀 심상치 않아. 앞으로는 우리 아이들하고 못 놀게 해야겠어요."

　부모가 이혼했다면 아이가 충격을 받은 건 당연하고, 그동안 친구로 지냈다면 같이 아이를 키우는 입장에서 좀 더 챙겨주고 지켜봐 주면 안 되는 걸까? 무엇보다 부모가 이혼한 아이들과는 어울리지 않게 하는 게 좋다는 그 생각에 다들 아무 말 없이 수긍하는 표정을 짓는 걸 보며 나는 아연했다. 그 자리에서 "저도 싱글맘인데요!"라고 손을 번쩍 들며 항의하지 못했던 건 내가 그 엄마들과 잘 아는 사이가 아니었기 때문이다.

비혼주의자들에게 결혼하라는 압박, 사정이 있거나 뜻한 바 있어 아이를 낳지 않는 부부들에게 아이를 낳으라는 압력, 대학을 가지 않은, 혹은 가지 못하는 사람들이 당하는 차별, 이동의 자유마저 누리지 못하는 장애인들, 학교 다닐 권리마저 제대로 보장받지 못하는 장애 아동들, '때리지 마세요'라는 말부터 배우는 외국인 노동자들, 견딜 수 없어 학교를 떠나는 수많은 혼혈아, 열심히 일해도 가난하고 힘이 없다는 이유로 일상적인 모멸감과 좌절을 겪는 사람들. 우리 사회가 정한 정상의 기준에 부합하는 극소수의 사람들 밖에서 보이지 않는 존재로 소외되고 밀려나는 사람들은 늘어만 간다.

보이지 않는 인간을 보려면 어떻게 해야 할까? 그때 필요한 건 상상력이다. 조금만 상상력을 발휘해 보면, 세상엔 나와 내 가족만 존재하는 것이 아니라 나, 우리와 다른 사람들이 있다는 걸 인식하게 되고 그들이 눈에 들어오기 시작한다. 눈에 보이면 그때부터 세상이 달라 보이고 더 넓어진다. 오랜 시간을 살며 경험을 쌓아온 어른이 아이에게 줄 수 있는 선물 중 하나는 바로 아이들의 시야를 터주는 것 아닐까.

。

취향은 내가 내는
목소리

미술이든 문학이든 음악이든
다른 사람의 평가에 의지하지 말고
자신이 직접 문을 두드리고 열어봐야
경험이 쌓인다.
그렇게 성공과 실패를 반복하다 보면
'좋다'고 느낀 자신의 감각을 확신할 수
있는 날이 온다.

츠즈키 쿄이치, 《권외편집자》

o

1956년 출생으로 나이에 상관없이 짱짱하게 현역 편집자로 활동하는 츠즈키 쿄이치. 보고 싶은 책이나 잡지가 없으면 직접 만든다는 철학을 바탕으로 위선과 허세에 물든 다양한 사회적 고정 관념에 저항하며 열정적으로 살아가는 그가 쓴 《권외편집자》를 읽다가 앞의 구절과 마주쳤을 때 며칠 전 터진 '양말 전쟁'이 떠올랐다.

얼마 전에 딸이 지금 있는 양말이 대부분 해졌다며 이번에는 자기가 꼭 양말을 살 테니 나보고 사다 놓지 말라고 신신당부했다. 아이는 언젠가부터 내가 사주는 옷을 입지 않는 걸 시작으로 양말, 신발, 화장품, 가방 등등 자신이 가지고 다니거나 입거나 신는 모든 물건을 직접 사겠다고 했다. 가끔 길을 가다 내가 보기에 예쁜 것이 눈에 들어와 하나씩 사다 줘도 시큰둥한 표정으로 받아서 자기 방 한구석에 처박아 놓기 일쑤여서 은근히 상처받았는데 급기야 그런 공개 선언을 한 것이다.

그러다 문제의 '양말 전쟁'이 발발했다. 내 카드를 가지고 학용품을 사러 간 아이는 작년에 내가 사다 준 양말과 정확히 똑같은 양말 한 켤레를 문방구에서 사 가지고 왔다. 그걸 보고 어이가 없어서 엄마가 사다 준 것이나 네가 사 가지고 온 것이나 똑같지 않냐고 했더니 그래도 자신이 직접 눈으로 보고, 촉감을 만져보고, 디자인과 느낌을 체크하는 것이 중요하다고 아이가 역설했다. 그러면 사는 김에 몇 켤레 더 사지 그랬냐고 묻자, 다음에 또 사 오겠다고 대답했다.

그래서 장을 보러 간 김에 근처 문방구에서 며칠 전에 아이가 사 온 양말과 똑같은 디자인으로 색깔만 다른 것들을 몇 켤레 더 사다 줬더니 대번에 입이 댓 발 나오면서 말했다.

"이번엔 내가 꼭 산다고 했잖아. 근처 쇼핑몰에 가서 다른 디자인으로 살 거였는데 왜 샀어!"

기껏 생각해서 사다 준 양말에 그렇게 투덜거리니 나도 부아가 치밀어서 외쳤다.

"그래, 미안하다. 앞으로 네 양말은 꼭 네가 사. 그것도 네 돈으로!"

유치하지만 그렇게라도 복수하고 나니 속이 후련하면서도 어딘가 찜찜했는데, 뭐든 직접 두드리고 경험해 봐야 자신의 감각을 확신하게 된다는 츠즈키 쿄이치의 말을 보고 아뿔싸, 싶었다.

사실 아이가 제 맘대로 사 오는 양말은 하나같이 마음에 들지 않았다. 모두 눈처럼 희디흰 색에 무늬도 거의 없어서 때가 사정없이 타는 데다 무척 얇아서 닳거나 구멍이 나기도 쉬웠다. 아이는 양말을 신기만 하지 제 손으로 빨지 않으니 흰 양말을 관리하기가 얼마나 힘든지 모른다. 그런 점을 누누이 설명해도 일단 보기에 예쁘고, 아침에 신고 나가기에 부끄럽지 않아야 한다고 강조하며 들은 척도 하지 않았다. 그러다 결국 이렇게 둘이 악 지르기 시합을 하고 만 것이다.

그때는 새 양말을 사다 줘도 짜증 내는 아이에게 서운했는데, 다시 생각해 보니 의도치 않게 아이가 자신의 취향을 키워가는 과정을 내가 방해하고 있었다. 사실 양말뿐 아니라 아이가 고르는 옷이며 화장품이며 신발이 여러모로 못마땅했다. 그래서 다른 아이들처럼 얼굴에 하얗게 분칠을 하고 새빨간 틴트를 바르면 민낯이 더 예쁘다고 기어코 한마디 해서 아이를 샐쭉하게 만들었고, 사시사철 검은 옷만 입는 아이에게 컬러풀한 옷을 권했다가 대차게 까인 적도 한두 번이 아니다. 아이는 나름 자신만의 스타일을 찾아 이런저런 모험을 하고 있는데 그게 내 눈에 차지 않는다고 나도 모르게 열심히 훼방을 놓고 있었던 셈이다.

가부키 화장처럼 허옇게 분칠을 하고 쥐 잡아먹은 것처럼 새빨갛게 틴트를 바른다 해도 그것은 어디까지나 아이의 얼굴이고, 아이는 그런 서투른 화장을 통해 자기 얼굴에 어울리는 화장법을 찾아갈 것이다. 지금은 운동화를 신었을 때 깔끔해 보일 흰 양말만 고집하지만, 나중에 독립해서 제 손으로 양말을 빨아 신다 보면 어떤 양말이 더 실용적인지 느끼게 될 것이고. 여러 가지 신발과 가방에 돈을 투자해서 쓰다 보면 자신이 편하게 느끼면서도 자신 있게 남들 앞에 나설 수 있는 스타일을 찾아, 소위 명품이라는 브랜드에만 기대지 않고 적은 비용으로도 멋스럽게 차려입는 법을 서서히 익히게 될 것이다. 그런데 그런 과정들을 내가 나서서 재단하고 애초에 원천 봉쇄하려고 했던 것이다.

아이의 취향에 간섭하려 한 내 과오를 반성하다 문득 우리 집 그릇장 제일 위 칸에서 주인의 손길을 타지 않은 채 쓸쓸히 방치된 파란 접시 세트가 생각났다. 그것은 내가 결혼하기 전에 엄마가 사뒀다가 준 접시 세트였다.

어느 날 집에 갔더니 못 보던 접시 세트가 보였다. 테두리에 파란색과 흰색과 분홍색 꽃무늬가 점점이 떠 있는 화려하기 그지없는 접시들이었다. 이게 웬 접시 세트냐고 물었을 때 대답하던 엄마의 표정을 지금도 잊을 수 없다. 그때 엄마는 꿈꾸는 것 같은 표정으로 말했다.

"오늘 백화점에 갔는데 이 접시 세트가 있지 뭐냐? 너무 예뻐서 너 시집갈 때 주려고 샀어."

그 말을 듣는 순간 속으로 식은땀이 났다. 그릇은 전혀 내 취향이 아니었으니까. 그래서 내심 엄마가 그걸 주겠다는 생각을 잊어주길 간절히 바랐지만 결국 결혼을 앞두고 혼수를 장만하러 엄마와 같이 다닐 때 그릇 코너에 가자 엄마가 단호하게 말했다. "접시는 엄마가 사둔 게 있으니 다른 것만 보면 된다."

나는 속으로 말없이 절망하며 그 파란 접시 세트를 가져와서 찬장 한구석에 고이 모셔두고 손도 대지 않았다. 그렇게 쓰지 않으니 접시는 이가 빠지거나 깨지는 일도 없이 지금까지 찬장 제일 위에 고이 모셔져 있다.

엄마와 그 접시를 생각하니 그래도 딸아이는 나보다 낫다는 생각이 들었다. 학교 다닐 때 엄마가 사주는 옷은 끽소리 한 번 하지 못하고 입다가 결국 혼수 접시까지 엄마가 사놓은 것으로 들고 왔던 나에 비해 딸은 일찍부터 자신이 쓰는 물건은 자신이 직접 골라 왔다. 그러기까지 나와 입씨름도 많이 했고, 가끔 그 암묵적 규칙을 잊은 내가 한 번씩 내 눈에 들어오는 것들을 사서 건네주는 만행을 저지르기도 하지만 이젠 그 횟수도 현저하게 줄었다. 그렇게 아이는 자신의 의지를 철저하게 고수하며 취향이란 신세계를 탐험하고 있다. 그런 아이를 보면 섭섭한 한편으로 부러울 때가 있다.

자신이 좋아하는 방탄소년단의 앨범과 굿즈를 사기 위해 내 눈을 피해 전단지 돌리는 아르바이트까지 하며 돈을 모아

기어코 사고야 마는 아이. 아무리 내가 어울리지 않는다고 구박해도 꿋꿋하게 눈두덩에 진한 갈색 아이섀도를 바르고 세상에서 제일 예쁜 표정으로 친구들을 만나러 가는 아이. 자기가 원하는 스타일의 가방이 나타날 때까지 날 끌고 쇼핑몰을 몇 시간씩 다녀서 기진맥진하게 하던 아이. 아이는 그렇게 자기가 나의 분신이 아님을, 자기에겐 자기만의 취향과 의견이 있음을 온몸으로 외치고 있다.

기나긴 시간 타인의 시선을 의식하고 두려워하며 튀지 않기 위해 자체 검열의 삶을 살아왔던 나에 비해 자신이 원하는 것을 적극적으로 추구하면서 실패와 성공을 반복하는 아이. 이 아이는 나와 달리 인생이 내미는 다양한 맛을 마음껏 맛볼 수 있겠다고 생각하니 어쩐지 그간의 내 소심함이 조금 보상받는 느낌도 들었다. 앞으로도 최대한 인내심을 발휘해 아이의 취향을 존중하도록 노력하리라!(결과는 장담할 수 없지만.)

。

어른보다 강한
아이들

나는 겁이 많은 사람.

그래서 가끔 용감해집니다.

최진영,《어떤 비밀》

ㅇ

마흔 살이 되기 몇 달 전에 결혼 생활을 정리하고 아이를 데리고 영국 유학을 갔다. 영국에서 본격적으로 영문학 공부를 해보고 싶은 로망을 실현해 볼 기회가 마침 찾아오기도 했고, 아이에겐 아빠와 물리적으로 떨어져 있을 수밖에 없는 환경에서 지내면 부모가 헤어졌다는 충격을 줄여줄 일종의 완충 장치가 될 거로 생각했다. 그동안의 인생과 이제부터 시작될 새로운 인생에 뚜렷한 경계선을 긋고 싶다는 마음도 있었다.

아이는 다행히 무엇을 하건 언제나 원더풀, 그레이트, 판타스틱을 외치며 응원해 주는 영국 선생님들의 사랑과 아이다운 순수함을 잃지 않은 무공해 영국 아이들과 나누는 우정에 흠뻑 빠져 영국 생활을 아주 즐겁게 보냈다. 일하면서 공부하고 아이까지 챙겨야 하는 영국 생활이 나로선 생각보다 훨씬 힘들었지만, 해보고 싶은 걸 다 하며 행복하게 쑥쑥 크는 아이의 모습을 보며 위로도 많이 받았다.

그렇게 1년 4개월 정도 영국에서 지내다가 한국에 돌아올 무렵 슬슬 불안해지기 시작했다. 영국은 아이를 키우기에 이상적인 환경이지만 평생 거기에 있을 순 없었다. 언젠가는 우리가 살 터전이자 고국인 한국으로 돌아가야 하는데 이제부터 아이가 본격적으로 싱글맘 가정에서 적응해야 하는 것이 걱정되기 시작했다. 한국을 떠날 때는 아빠 엄마가 다 있는, 밖에서 보기엔 문제없는 평범한 가정이었지만 돌아가면 한부모 가정이라는 현실을 직면해야 했다.

아이와 나는 전보다 훨씬 더 안정되고 행복해졌지만, 세상 사람들은 전과 다른 눈으로 우릴 보게 될 것이었다. 특히 한국 학교에 돌아가서 담임 선생님, 아이들, 학부모들이 아이의 가정 환경을 알았을 때 자동적으로 품게 될 편견이 무섭고 불안했다. 이혼이 죄는 아니지만 그렇다고 드러내서 자랑할 일도 아니지 않느냐는 생각이 아직도 한국 사회를 지배하고 있고 특히나 부모의 결정에 아무런 영향력도 행사할 수 없는 아이들이 감당해야 하는 심적 무게는 결코 가볍지 않으니까.

그래서 원래 살던 도시로 돌아왔을 때 아이가 전에 다니던 학교가 아니라, 시험이나 성적에 얽매이지 않고 아이들이 좀 더 자유롭게 생활한다는 평판이 있는 곳으로 보냈다. 외국에서 살던 아이들이 다시 한국에 돌아오면 겪기 마련인 문제들을 아이도 잠시 겪었지만 그래도 순조롭게 적응하는 것처럼 보였다.

어느 날 내가 물었다.

"학교생활은 재미있어? 아이들은 어때?" 이런 질문을 시작으로 나는 결국 아이에게 내가 품고 있는 불안에 대해 털어놨다. 우리는 행복하게 잘 살고 있지만 부모가 이혼해서 엄마와 단둘이 살고 있다는 걸 알고 너에게 이상한 질문을 하거나 불편하게 만들 친구나 친구 엄마가 있을지 모른다는 이야기를 했다. 아이가 마음을 다칠까 봐 무척 걱정이 됐던 것이다. 그런데 아이의 대답에 그 모든 걱정을 한순간에 털어버릴 수 있었다. 영국에서 1년 넘게 살면서 다양한 형태의 가정을 봤던 아이는 이렇게 대답했다.

"우리 집 환경을 알고 내게 혹은 엄마에게 이상한 말을 하거나 우리를 불편하게 대하는 사람들이 있다면 그 사람들이 무례한 거야. 그건 그 사람들 잘못이지 우리 잘못이 아니야. 난 신경 안 써."

아이는 당시 영국에서 귀국한 지 얼마 안 돼 그사이에 벌써 한국말을 많이 잊어버려 영어로 대답하느라 무례하다는 말에 'rude'라는 단어를 썼다. 마냥 어린 줄만 알았던 아이가 (초등학교 5학년이었다) 어느새 이렇게 컸을까, 싶은 마음에 대견해서 눈물이 나오려는 걸 참았다. 그렇다. 우리에게 무례한 말을 하는 사람들이 있을까 봐 미리 걱정하면서 마음을 졸이는 건 비겁하다. 그건 그들의 잘못이지 우리의 잘못이 아니니까. 아이는 그렇게 내 걱정을 기우로 만들며 단단하게 자라기 시작했다.

아이의 용기와 담대함에 또 한 번 놀랐던 적이 있다. 아이는 번역가라는 내 직업에 대해 평소에 별다른 말을 하지 않는다. 그래서 아이가 어떻게 생각하는지 잘 알 수 없지만 걱정되는 것이 한 가지 있었다. 내가 번역한 작품에 대해서나, 혹은 아주 가끔 하는 인터뷰나 기사에 달린 악플을 혹시라도 아이가 보고 상처를 입을까 걱정이 된 것이다. 소심한 나는 그런 경우가 두려워 기사나 인터뷰가 나오면 댓글은 아예 읽지 않는다. 내가 번역한 신간이 출간돼도 가능하면 독자 리뷰를 읽지 않는다. 초보 번역가 시절 내가 번역한 책에 누가 대학생이 리포트 번역한 것 같다고 댓글을 달아놓은 걸 보고 충격을 받아서였다. 물론 그때부터 더 이를 갈며 열심히 번역하긴 했지만, 번역가도 사람인지라 악플을 보고 아무렇지 않을 순 없다.

그래서 아이에게 혹시라도 인터넷에서 엄마 이름으로 기사 같은 걸 검색하지 않았으면 좋겠다고, 너도 알겠지만 인터넷선 이상한 말을 하거나 엄마를 싫어해서 악플을 다는 사람들도 있을 수 있다고, 엄마는 네가 그런 글은 읽지 않았으면 좋겠다고 했다. 그때 아이는 내게 이렇게 대답했다.

"그건 그 사람들이 잘못한 거지 엄마 잘못이 아니잖아. 그런 거 신경 쓰지 마. 설사 내가 그런 글을 읽는다 해도 난 아무렇지 않아. 사람들이 하는 말에 상처받지 마, 엄마."

아이가 하는 말에 가슴이 벅찼다. 누가 뭐라고 날 비난하고 깎아내리려도 무조건 날 지지해 주는 사람이 있다는 건 상상할 수 없을 만큼 큰 힘이 된다.

그러다 작년에 한 일간지에 내가 감명 깊게 읽은 책의 서평을 써달라는 의뢰를 받아 짧게 칼럼을 썼다. 타인이 무심코 던진 말이 줄 수 있는 상처를 논하며 한마디 말이라도 신중하게 했으면 좋겠다는 요지로 썼는데 실린 칼럼을 인터넷으로 읽다가 댓글을 보고 경악했다. 내 평생 내 글에 그렇게 악플이 많이 달린 건 처음이었다. 그것도 칼럼에 언급한 내 출신 지역에 대한 악플이 태반이었다. 문득 내 인생 최초로 일간지에 칼럼을 쓰게 됐다고 들떠 있을 때 관심을 보였던 딸이 생각났다. 나는 아이에게 그 칼럼은 찾아 읽지 말라고 했다. 악플이 많이 달려서 그렇다고.

다음 날 아이가 내게 말했다.

"엄마가 그렇게 말하니까 더 궁금해서 그 칼럼을 읽고 악플까지 다 읽어봤지 뭐야. 그런데 내가 이해할 수 없는 건 엄마가 쓴 글의 요지는 그게 아닌데 왜 그 사람들은 글과 전혀 상관없는 악플을 달았지? 거기다 전라도 출신이라는 게 왜 그렇게 욕을 먹어야 하는 일이야?"

서울에서 나고 자란 아이는 그런 지역 갈등에 대해 전혀 몰라서 글을 아무리 읽어봐도 엄마가 쓴 글과는 전혀 상관없는 이야기를 하는 사람들의 댓글이 황당해 웃음이 나왔다고 했다. 아이의 말을 들으니 나도 웃음이 나왔다. 중학교 3학년인 아이의 독해력만도 못한 어른들의 독해력을 탓해야 할 것인가. 우리나라에서 아직도 특정 지역 간의 마찰과 감정 충돌이 큰 영향력을 미치고 있는 현실을 아이에게 어떻게 설명해야 할까? 그러나 아직도 남들의 반응과 시선을 두려워하면서 나도 모르게 눈치를 보며 거북목처럼 움츠러드는 나에 비해 굉장히 용감하게 자신이 원하고 옳다고 믿는 바를 향해 적극적으로 나아가는 어린 딸의 모습을 보고 놀라고 기뻤다.

아이가 상처받지 않길 바랐지만 정작 상처는 항상 내가 먼저 받았고, 언제나 그걸 위로해 주는 건 딸이었다. 자라면서 세상의 무수한 편견에 시달리며 한없이 위축돼 있던 나에게 용기와 힘을 준 사람도 어리고 힘이 없을 거라고 생각한 딸이었다.

아이를 보면서 알았다. 아이들은 어른들이 생각하는 것보다 훨씬 더 강하고 순수한 존재라는 걸. 그래서 비겁한 어른들보다 더 용감할 수 있다는걸.

○

서로의 행복을
인질로 잡지 말자

가족은 가장 보편적인 종교다.
가족은 무조건 사랑하고 보듬고
용서해야 할 대상이며,
그것을 부정하는 것은 곧 나 자신을
부정하는 것이란 교리 때문에
우리는 종종 살아서 지옥을 맞는다.

이숙명, 《혼자서 완전하게》

○

소설가 권여선의 단편집 《안녕 주정뱅이》 중에 〈이모〉란 단편이 있다. 이 소설에 등장하는 이모는 맏딸로 태어나 대학교 1학년 여름에 아버지가 갑자기 돌아가시는 바람에 졸지에 가장이 됐다. 이모는 대학을 졸업하자마자 대기업에 취직해 식구들의 생활비와 동생들의 학비를 댔다. 동생들이 학교를 졸업하자 지원을 중단했지만, 남동생이 도박 빚 때문에 감옥에 가게 되자 회사를 그만두고 퇴직금과 저축을 몽땅 다 빚을 갚아주는 데 쓰고 말았다. 그러고도 모자라 이모의 어머니가 이모 몰래 서류를 꾸며 남동생의 보증을 서게 해 이모는 서른아홉에 신용 불량자가 되었다. 그 빚을 갚느라 10년을 일해야 했고, 쉰이 다 된 나이에 출판사에 취직해 그때부터 가족에겐 한 푼도 쓰지 않고 돈을 모았다. 남동생이 또 도박 빚을 져서 집안에 난리가 났을 때 이모는 홀연히 사라져 버린다.

이 소설을 읽으며 이모의 신산한 삶과 막내아들 살리자고 맏딸의 일생을 희생시킨 엄마에 대해 복잡한 감정이 들었다. 소설이니 다분히 과장된 이야기라고 할 수도 있겠지만 어느 정도 나이가 있는 사람이라면 다 알 것이다. 사실 이건 어느 동네나 하나씩은 있는, 아주 평범하기 그지없는 사연이라는 것을. 단지 아들이 아니란 이유만으로, 혹은 부모가 애지중지 하는 자식이 아니란 이유로, 가끔은 가장 만만하다는 이유로 가족을 위해 희생되는 사람들은 시대를 불문하고 언제나 있 었다. 희생되는 사람들의 대다수가 여자였을 뿐이지.

소설 속 이모는 2년간 잠적해 완벽하게 혼자, 철저하게 자 유롭게 살아간다. "사실 나는 가족들과 관계를 끊는 것보다 온라인 관계를 끊는 게 더 힘들 정도였다. 그건 주어진 게 아 니라 내가 선택한 거였고, 오로지 내가 쓴 글, 내가 만든 이미 지만으로 구성된 우주였으니까." 이모의 이 말처럼 내 의사와 상관없이 태어나고 보니 가족이란 사람들이 핏줄이란 끈으로 나를 칭칭 동여매고, 거기다 그런 가족을 부정하면 나를 부정 하는 것이라 여기는 한국의 가족 논리는 일견 공포스러운 면 이 있다.

〈이모〉에서는 막내아들이 엄마의 지독한 편애를 받았지만, 얼마 전까지 대부분의 가정에서 부모의 애정과 경제적 지원 을 독점한 사람은 장남이었다. 그렇게 장남 하나만 보고 살다 가 결국 장남이 성공하면 남은 가족이 자동적으로 행복해졌 을까? 그러지 않았을 거라고 나는 확신한다. 행복이란 누군 가의 희생을 발판으로 쟁취할 수 있는 것도, 내가 먼저 행복해질 테니 너는 그다음에 행복해지라고 양도하거나 미룰 수 있는 것도 아니니까.

소설 〈이모〉가 자식 하나를 희생시켜 다른 자식을 살리겠다는 설정으로 전개된다면 《안녕, 드뷔시》에서는 자식의 교육을 위해 희생하는 부모들의 전형적인 대화가 등장한다.

주인공인 하루카는 조만간 음악 전문 사립 고등학교에 입학하게 된다. 은행원인 아버지는 1년간 딸의 학비로 쓰게 될 항목들의 액수와 총액을 프린트로 뽑아 딸에게 내민다. "딱히 압박을 줄 생각은 없다만, 너한테 1년에 돈이 이만큼 드는 거야." 그러자 하루카는 생각한다. '아니, 그건 충분히 압박인데요.'

이 대화를 읽으며 기시감을 느끼지 않을 학부모가 있을까? 물론 1년간 자식에게 들어갈 돈을 항목별로 계산해 프린트로 뽑는 건 지극히 은행원다운 설정이긴 하지만.

현대의 교육은 자식의 미래를 위한 노골적인 투자이자 동시에 보이지 않는 채무 관계로 부모와 자식을 구속하고 있다. 이런 투자는 위험이 클 수밖에 없으니 학원 뺑뺑이를 돌던 아이가 느닷없이 장래성도 없어 보이는 꿈을 따라가겠다고 하면 갈등이 발생하기 마련이다. 바로 이럴 때 우리에게 너무나 익숙한 대사가 터져 나온다. "내가 이러려고 너를 이렇게 키운 줄 알아?" 결국 아무 조건 없이 너를 사랑한다는 부모의 말은 옹색한 거짓말로 드러나고 아이는 마음속에 한 가닥 자리 잡은 불안의 정체를 파악하게 되는 순간이 오고야 마는 것이다.

계층 이동의 기회가 제한되다 못해 고착되고 있는 한국 사회에서 벌어지는 이런 일들을 볼 때마다 안타깝다. 나도 아이를 키우는 입장에서 많은 부모들이 자신이 행복해질 책임을 아이에게 전가한다는 인상을 받을 때가 종종 있다.

이렇게 말하는 나 역시도 몇 년 전에 놀란 적이 있었다. 장녀로 태어나 엄마의 기대를 한 몸에 받고 자란 나는 압박감에 가끔 힘들었고, 상대적으로 결핍을 느끼며 외로워하는 동생을 보며 느낀 바가 많았다. 그래서 내 아이에게는 결코 그런 부담을 주고 싶지 않았다. 거기다 어디까지나 아이의 인생은 아이의 것이고 내 인생은 내 것이라는 생각이 처음부터 확고하게 있었기 때문에 아이가 학교에서 장래 희망을 묻는 설문지를 가져올 때마다 언제나 네가 원하는 걸 적으라고 했다. 부모가 원하는 희망 직업은 비워두는 것으로 나는 아이에게 과도한 기대로 부담을 주지 않는 부모라는 은근히 자부심을 가지고 있었다. 그러다 보기 좋게 허를 찔린 적이 있다.

몇 년 전 일하다 허리가 아파서 아이에게 파스를 붙여달라고 했더니 아이가 파스를 붙여주고 나서 이랬다. "엄마, 내가 커서 돈 많이 벌어서 엄마 줄게. 내가 엄마를 아주 행복하게 해줄 거야." 나는 그 말에 놀라 곧바로 이렇게 대꾸했다. "돈 많이 벌어서 주겠다는 마음은 고맙지만 넌 왜 엄마가 행복하지 않다고 생각해? 엄마는 지금도 아주 행복해. 우리 둘다 건강하고, 잘 먹고 잘 살고 있고, 엄마가 하는 일도 재미있어. 엄마는 영화도 보고 너랑 여행도 다니고 친구들과 잘 놀고 재미있게 살고 있잖아. 절대 네가 엄마를 행복하게 해줘야 한다고 생각하지 마. 넌 네 행복만 생각해. 엄마는 이미 충분히 행복하니까."

그때 아이의 살짝 안도하는 표정을 보고 나도 안도했다. 아이가 앞으로 살아갈 인생은 나를 행복하게 해주려고 애쓰지 않아도 이미 힘들다. 나도 경제적으로 감당할 수 있는 만큼만 아이를 지원해 주고 그 이상은 선을 긋는다. "여기까지. 더 이상은 못 해줘. 엄마도 하고 싶은 게 있고, 우리 가족이 먹고살려면 더 이상은 쓸 돈이 없어. 더 하고 싶다면 네 힘으로 알아서 해야 해." 그렇게 말한다.

나는 노후를 대비하고 아이도 부담 없이 자신의 꿈을 위해 달린다. 설사 실패한다 해도 내 눈치를 보지 않고 내게 돌아올 수 있다. 우리 둘 다 서로의 행복을 인질로 잡고 있지 않으니까. 나는 나의 인생을 즐기며 살고 있고, 아이는 아이대로 원하는 길을 가고 있다. 이보다 더 좋을 수 없지 아니한가?

그러니 아무리 끈끈한 가족이라고 해도 자기 행복은 자기가 알아서 챙기자. 부모가 먼저 확실하게 선을 그어주면 아이는 알아서 자신이 성장할 공간을 마련하기 시작한다. 아이는 부모가 생각하는 것보다 훨씬 더 크고 강하다.

4

우리
지금 당장
행복하자

"지금이 아닌 미래의 행복을
이야기하고 있구나.
그때가 되면 또 행복해지는 데 필요한
다른 이유가 생길 거야.
행복하려면 지금 당장 행복해야
하는 거야."

○

우리 지금 당장
행복하자

사람들은 커다란 행복을 기대하면서
작은 행복을 잃어버린다.

펄 벅

○

퓰리처상과 노벨문학상을 받은 〈대지〉를 쓴 펄 벅의 "사람들은 커다란 행복을 기대하면서 작은 행복을 잃어버린다"는 말을 읽었을 때 고등학교 2학년 때 담임 선생님이 했던 이야기가 떠올랐다. 그때 우리는 행복에 대해 말하고 있었다. 한창 입시 공부에 매진하고 있는 학생들과 선생님이 그런 주제로 이야기를 나눈다는 것도 흔치 않은 일이었지만 선생님의 이야기가 워낙 충격적이어서(그때는 그랬다) 지금도 잊히지 않는다.

행복이란 뭘까, 라고 선생님이 질문해서 반 아이들이 자기가 생각하는 이런저런 행복론을 중구난방 떠들어 댔다. 그러자 선생님이 이야기했다.

"너희들은 모두 지금이 아닌 미래의 행복을 이야기하고 있구나. 대학에 가면 행복할 거야, 스무 살이 돼서 맘껏 꾸미고 다니면 행복할 거야, 서울에 올라가서 어딜 놀러 가면 행복할 거야…. 그때 그러면 행복할 것 같니? 그렇지 않아. 그때 되면 또 행복해지는 데 필요한 다른 이유가 생길 거야. 행복하려면 지금 행복해야 하는 거야."

그때 선생님이 한 이야기를 이해한 아이는 하나도 없었다. 그때 우린 모두 불행했으니까. 적어도 행복하지 않다고 생각 하고 있었다. 지금은 유치원 때부터 시작되지만 내가 학교 다 니던 시절에는 일단 초등학교를 졸업하면 그때부터 대학 입 시라는 목표를 위해 앞만 보며 달렸다. 내가 입학한 여고는 비평준화 지역에서 최고라는 명성이 자자했던 만큼 지독하 게 공부시켰다. 입학식 첫날 아침부터 해가 뉘엿뉘엿 지기 시 작한 저녁까지 신입생들을 운동장에 세워놓고 공부 열심히 해서 훌륭한 사람이 되어야 한다는 교장 선생님의 말을 필두 로 여러 선생님의 일장 연설을 들은 후에야 집에 갈 수 있었 다. 거기다 입학식 바로 다음 날부터 도시락을 두 개씩 싸 가 지고 다니며 야간 자율학습을 했다(그날부터 대학 입시 전날까 지!). 그러니 우리에게 행복이란 무지개다리 너머 어딘가에 있다는 황금처럼 대학에 들어가면 있을 것 같은 수상하고 모 호한 것으로 생각하는 것도 당연했다.

안타깝게도 담임 선생님의 불길한(?) 예언은 적중했다. 대 학에 입학하기만 하면 그날부터 드라마에서만 보던 캠퍼스의 낭만을 즐기며 꿈만 꾸던 모든 것을 실컷 하게 될 줄 알았는 데 세상은 그렇게 만만하지 않았다. 청춘 영화에 으레 등장하 는 장면처럼, 나와 함께 온 세상이 눈부시게 반짝반짝 빛나는 감정을 순간 맛보며 이게 행복이구나, 생각할라치면 곧바로 오래오래 불행해지는 시간이 밀려왔다.

　지금까지 살아오면서 내가 정말 행복하구나, 나는 행복한
사람이구나, 라는 감정을 알고 그것에 편해지고 익숙해진 시
간은 채 몇 년이 되지 않았다. 그렇게 나라는 사람의 본질과
나도 몰랐던 나의 속마음을 알고 나와 화해한 이후에 비로소
마음의 평화를 누렸고, 그만큼 사회가, 타인이 휘두르는 평가
기준에 상관없이 주눅 들지 않은 채 나 하고 싶은 대로 살겠
다고 결심하고 실천하게 됐으며, 쪼들리면서도 작은 것에 낙
을 찾아 살아올 수 있었다.

　사실 개인이 행복해지기 위해선 자신의 마음을 파악하고
자신의 개인적, 정신적 문제들과 맞서서 해결해 가는 과정도
필요하지만 경제적, 사회적 구조의 문제도 같이 해결되어야
한다. "우리는 20대가 되기 위해서 10대를 살았다. 우리 사회
는 지금도 10대를 20대가 되기 위한 번데기처럼 만들고 있
다. … 환갑잔치 바라보고 사는 50대가 있을까? 단 한 명도
없을 것이다. 그러면서 왜 10대에게는 20대 대학생으로 살기
위한 시간을 강요하는가?"

　우석훈 박사가 《매운 인생, 달달하게 달달하게》에서 쓴 이
말처럼 한국인은 대부분 태어나는 순간부터 대학생이 되기 위
해 달려가는 구조에 편입돼서 살아간다. 나와 동갑인 1972년

생들은 37퍼센트가 대학에 진학했지만 2024년 대학 진학률은 73.6퍼센트였다. 물론 그런 구조에 들어가고 싶어도 들어갈 수 없는 아이들도 있다. 번데기로 사는 아이들도 불쌍하고, 그럴 수조차 없는 아이들도 안타깝다. 이렇게 국가적으로 행복을 유예하는 삶의 구조에서 개인의 의지 하나만으로 빠져나오기란 쉽지 않다. 거기다 이건 시작에 불과하다.

대학 입시로 시작되는 이 지옥의 인생 코스는 선택받은 소수만 무사히 통과할 수 있는 함정들로 가득 차 있다. 서울의 이름 있는 대학을 나와야 하고, 대기업이나 공기업이나 공무원 같은 안정적인 직장을 가져야 하고, 결혼을 해야 하고(그러니까 이성애자여야 하고), 아이를 낳아야 하고, 아파트와 차의 크기는 연령대와 지위에 따라 타야 할 것이 정해져 있고, 아파트가 위치한 곳은 어느 동네여야 하고, 아이들이 다니는 학원은 어디에 있어야 하고. 이렇게 무수한 장애물을 통과한 최종 목적지는 허망하게도 죽음이다. 이렇게 바쁘고 빡빡한 스케줄 속에서 행복해질 틈을 낼 수 있을까? 죽을힘을 다해 레벨을 올리고 또 올려 만렙이 되면 리워드로 행복을 받을 수 있을까?

이런 사회적인 기준으로 보면 나는 행복해질 수 없고, 행복해져서도 안 되는 사람이다. 난 아빠 곰, 엄마 곰, 아기 곰 들이 사는 이상적인 '정상' 가족이 아닌 한 부모 가족의 가장이며, 오십이 넘었는데도 내 이름으로 된 집 한 채 없어서 전세난민으로 유랑하며 살고 있고, 인생에서 단 한 번도 정규직으로 어디 소속된 적 없이 프리랜서로 20년 넘게 일하고 있다. 노후 대비 연금이라곤 국민연금(국민연금 파산하면 나도 같이 망함) 하나만 믿고 있고, 하나 있는 딸의 미래에 의지하는 것도 불가능하고, 부모님이 돌아가셔도 넉넉한 유산을 물려주실 가능성은 애초부터 없었다. 올 초부터 건강 검진에서 여러 항목에 빨간 불이 들어와 병원 순례를 꾸역꾸역 다니는 데다 내 인생에 대박 나는 행운은 없다고 그간 찾아간 여러 사주 도사님들이 단호한(지나치게 단호한) 결론을 내렸다. 거기다 남은 인생에 연애운까지 없다는 말로 대못을 박았으니 내 인생에 로맨스는 더 이상 없는 걸로 포기했다(잠깐 눈물 좀 닦고).

그래도 나는 어쩐지 지금이 내 인생의 전성기인 것 같고 하루하루가 행복하다. 늙어서 경제적 능력이 줄어든다 해도 어렸을 때부터 여러 가지 형태와 크기의 단칸방에서 살아봤기에 어떻게든 살아질 수 있다는 걸 알기 때문에 가난에 대한 불안도 크지 않다. 이를테면 가난에 대한 연습을 충분히 해둔 셈이다.

나와 아이가 큰 병만 들지 않는다면 의료보험과 실비보험으로 어떻게든 충당할 수 있을 것이고, 사치하는 습관도 없고 인생에서 가장 좋아하는 것은 좋아하는 사람들과 맛있는 음식을 먹는 것과 책을 사서 쟁이는 몹쓸 버릇 정도니 이건 언제까지나(스케일을 줄여서) 할 수 있다. 딸은 착하고 다정한 친구 같고, 주위엔 믿을 수 있고 좋아하는 친구들과 지인들과 가족이 있다. 거기다 늙은 갈색 고양이와 힘이 넘치는 잘생긴 말썽꾸러기 시바견도 내 옆을 지켜주고 있다.

인생에 뭘 더 바랄까. 날 섣불리 평가하려 들거나 자신의 처지와 비교해 우월감을 누리려는 얄미운 사람들이 생기면 안 보면 그만이다. 좋은 사람들만 보고 살기에도 내겐 남은 시간이 많지 않다.

행복해지기 위해선 생각보다 많은 조건이 필요하지 않다. 물론 주거 안정, 기본 소득, 건강은 반드시 충족돼야 한다. 하지만 이런 조건들이 갖춰진 상황에서 우리의 행복을 파괴하는 주범들은 바로 남과 비교, 타인의 시선 의식, 질투, 부질없는 욕망이다. 그런데 이런 감정 파괴범들도 나이가 들면 어느 정도 다스려진다. 그게 나이가 주는 미덕이다. 그래서 나는 오래전 담임 선생님에게 들은 말을 내 딸에게 자주 주문처럼 말한다. "우리 지금 당장 행복하자고."

덕분에 딸은 행복하다는 말을 자주 한다(주로 맛있는 것을 먹을 때). 나의 학창 시절과 딸의 학창 시절을 비교해 볼 때 딸의 행복감이 월등하게 큰 걸 보며 나도 행복해진다. 행복은 결코 불가능한 프로젝트도 아니고, 미뤄뒀다 해치워야 할 숙제도 아니다. 불안은 조금 더 줄이고, 상상력은 더 키워보자.

。

나이 먹는 것도 생각만큼
나쁘지 않아

저는 아줌마가 되면 멋도 안 부리고
몸매도 망가지고 뻔뻔해지고
목소리는 커지고 호피 무늬 옷 같은 거나
입게 되고, 그래서 인생이 끝장나는 게
아닐까 생각했어요.
그런데 반드시 그렇지만은 않더군요.
자신에 대해 더욱 잘 알게 되어
오히려 편해졌습니다.

요시모토 바나나, 《어른이 된다는 건》

○

20대 후반부터 좋아했던 일본 작가 요시모토 바나나의《어른이 된다는 건》을 읽다가 이 부분을 읽고 픽 웃음이 나왔다. 젊었을 때부터 시작해서 나이 들면서도 계속 좋아하는 작가의 글을 읽을 수 있다는 건 축복일지 모른다. 더군다나 그 작가가 나와 세대나 나이 차가 그다지 크지 않을 때는(요시모토 바나나가 나보다 여덟 살 연상이다) 마치 글로 사귄 친구의 안부를 계속 듣는 것 같은 재미가 있다. 그렇게 좋아하는 작가가 나이를 먹는 것에 대해 쓴 이 책을 읽었을 때 공감하는 부분이 많았지만 특히 위에 언급한 부분이 그랬다.

어렸을 때, 그러니까 어리다고 말할 수 있는 정신적 마지노선과도 같은 고등학생이었을 때는 내가 서른 넘은 모습은 상상도 할 수 없었고, 아줌마가 될 거라고 생각하면 끔찍했다. 어렸을 적에는 아줌마란 목소리 크고, 펑퍼짐한 몸매에 고무줄 바지를(물론 고무줄 바지는 지금 나의 일상복이 됐지만) 입고, 뽀글뽀글 파마 머리에, 자식들 일이라면 암호랑이처럼 사나워지고, 버스나 지하철에서 빈자리가 보이면 엉덩이부터 디밀고 보고, 더 이상 여자도 남자도 아닌 중성 같은 존재라고 생각했다. 그런데… 무정한 세월이 흐르고 또 흘러 나도 어느 덧 아줌마가 돼버렸다.

막상 내가 아줌마가 되고 보니 그동안 내가 변하기도 했지만 세상도 변해서 아줌마의 정의는 사뭇 달라져 있었다. 어떻게 달라졌냐고 묻는다면 좋은 부분도 있고 나쁜 부분도 있다. 결혼해서 아이를 낳아 키우며 몸매가 망가지는 건 생물학적으로 저항할 수 없는 현실이지만 예전과 달리 아줌마를 보는 사회적 잣대는 더 높고 까다로워졌다(한숨 또 한숨). 이제는 나이에 상관없이, 미혼이든 비혼이든 끝도 없이 몸매와 미모 관리를 해야 하고 다이어트는 기본이다. 한때 여자들을 지배했던 섹시 키워드는 사라졌지만 이젠 동안이란 말 한마디에 다들 울고 웃게 됐다. 덕분에 미모 관리는 죽을 때까지 끝나지 않고 미모 관리비는 나이가 들수록 늘어나기만 한다. 이게 대체 뭐 하자는 짓인지 알 수 없어 한숨이 나올 때가 한두 번이 아니다.

그러나 사실 나이 먹어서 나쁘기보단 좋은 점이 더 많다. 요시모토 바나나가 말했던 것처럼 오랜 시간 '나'라는 사람과 같이 살다 보니 내가 어떤 음식을 좋아하고, 어떤 색과 옷과 화장이 나에게 잘 어울리며, 내가 어떤 분위기에 끌리고, 어떤 사람은 참을 수 없이 불쾌한지, 어떤 일을 해야 행복한지 알게 됐다. 이것은 생각보다 굉장히 큰 소득이다. 예를 들면 이런 것이다.

젊었을 때는 나를 잘 몰라서 항상 마음 한구석이 불안했다. 세상은 진정한 나를 찾아서 뚜렷한 목표를 가지고 야무지게 살아보라고 다그치는데, 정작 나는 내가 어떤 사람인지, 내가 뭘 잘하는지, 뭘 잘할 수 있는 잠재력이 대체 있긴 한 건지 몰랐다. 모르니 날 제대로 굳건하게 세울 수 없었고 그러다 보니 남들이 뭐라고 한마디만 해도 비바람에 온몸을 비트는 플라타너스잎처럼 사정없이 흔들렸다. 나만의 명확한 기준이 없으니 대학 동기, 고향 친구, 사회에서 만나는 직장 동기들과 끝없이 날 비교하게 되고 그러면서 점점 나는 더 작고 초라해졌다. 나의 20대에서 30대 말까지는 그야말로 비교와 자학과 낮은 자존감과 불안의 시간이었다고 할 수밖에 없었다. 한마디로 말해 나는 나로 사는 것이 견딜 수 없었다.

그렇게 꽤 오래 안개 속에서 헤매듯 젊은 날을 보내고 나니 이제는 내가 어떤 사람인지 알았다. 그리고 나를 받아들이면서 나와 친해지고 나를 좋아하게 됐다. 누군가를 알아가면서 정도 들고 사랑하게 되는 것처럼 그렇게 오랜 시간 나를 알아가면서 나란 사람에게 단점과 부족한 점만 있는 게 아니며, 힘든 시간이었지만 수도 없이 깨지고 넘어져도 버티다 보니 맷집도 생기고 장점과 강점도 있다는 걸 파악했다. 무엇보다 남들 눈치 보지 않고 싫은 건 싫다고 말하고, 가고 싶지 않은 모임은 거절할 수 있는 용기와 강단이 생겼다. 날 싫어하거나 뒤에서 욕하는 사람을 봐도 상처를 덜 받게 됐다. 그 사람이 아니라도 날 좋아하고 믿어주는 사람들이 있다는 자신감이 생겼으니까.

그러자 온통 적들만 있는 것 같은 세상이 조금씩 다정해지고 친절해졌다. 괜한 자격지심을 내려놓고, 나를 만나는 사람들은 다 내게 호감을 가져야 하고 날 인정해 줘야 한다는 강박관념을 버리고, 진심을 다해 솔직하게 나를 열어 보이자 좋은 친구들도 많이 생겼다. 사실 인생에서 그 어느 때보다 더 많은 친구가 지금 내 옆에 있다.

주눅 들거나 불안한 시선으로 세상을 보지 않으니 전에는 보지 못했던 기회들도 보였다. 체력이나 순발력은 크게 줄었지만 여유와 노련함이란 보너스를 받았다. 무엇보다 못하면 어때, 실패하면 어때, 라는 부담 없는 사고방식이 형성됐다. 그동안 워낙 많이 깨지면서 실패해 봤지만 하늘이 무너지거나 인생이 망가지는 일은 일어나지 않는다는 걸 경험으로 깨달았기 때문이다. 게다가 젊었을 때 미모로 명성을 날린 적도 없으니 나이 들어가는 외모가 슬프긴 하지만 가는 세월을 붙잡으려고 안간힘을 쓸 정도로 집착하지도 않는다. 오히려 마음이 여유로워지고 편안해지니 인상 좋다는 말을 나이 들어서 참 많이 들었다. 지금 내 표정을 20대의 내가 본다면 조금은 감동할지도 모르겠다.

마지막으로 나이 먹어서 좋은 점이 있다면 젊었을 때 뭘 몰라서 고수하던 편견과 고정 관념을 많이 버리고 수정할 수 있다는 것이다. 일본의 사회학자인 우에노 지즈코가 이런 말을 했다. "젊었을 때가 유연하다는 것은 거짓말. 젊을수록 머리는 굳어 있고, 억측이 심하고 고정 관념에 지배당하고 있다. 그것이 점차 풀어져 유연하게 되는 것은 나이를 먹은 덕분이다."

젊었을 때는 모든 사고방식이 흑백으로 명쾌했다. 미국은 좋은 나라, 소련(지금은 역사 속으로 사라졌지만)은 나쁜 나라, 서울은 세련됐고, 지방은 후졌고, 글은 곧 그 사람이고, 돈은 천박하다. 여행은 좋지만 모험은 위험하고, 운동은 힘들고 하기 싫은 것이며, 지식은 책으로만 얻어야 하고, 말 많은 남자는 남자답지 못한 남자이고, 좋은 주부라면 외식보단 정성껏 준비한 집밥을 가족에게 먹여야 한다고 생각했다.

이런 편견들은 온몸으로 세월을 통과하면서 사정없이 깨졌다. 미국도 소련만큼이나 추악하고 복잡한 나라이며, 서울보다 지방이 더 편안하고 인간적으로 살아갈 수 있는 공간이란 사실도 알게 됐고, 글과 글을 쓰는 사람의 인생은 그다지 일치하지 않는다는 걸 아프게 깨우치는 계기가 몇 번 있었다. 돈이 천박한 것이 아니라 돈을 제대로 쓰지 못하는 사람이 천박한 것이며, 지식을 얻는 길은 책뿐 아니라 수많은 방법이 있다는 걸 알았다. 무엇보다 지식보다 중요한 건 지혜라는 걸 힘들게 깨우쳤다. 말 많은 남자보다 말 없는 남자가 결혼해서 같이 살 때는 더 사람을 환장하게 한다는 것도 알게 됐고, 좋은 주부란 그저 사회가 만들어 낸 허상이자 여자를 속박하는 언어라는 걸 알았다. 더불어 나는 '좋은 주부'는 절대 될 수 없다는 것도 알았고.

　젊음만을 추구하고 칭송하는 쪽으로 사회가 변하고 있는 것처럼 보이고, 그런 면도 적잖게 있지만 그래도 인간이란 몸을 가지고 자연의 순리를 따르는 존재다. 그래서 나이를 먹어도 몸과 마음으로 실감하는 기쁨이나 행복은 줄어들지 않는다. 인생을 다시 살 수 있다면 돌아가고 싶은 때로 10대나 20대를 원하는 사람은 그다지 많지 않다는 걸 보면 눈치채지 않겠는가?

　나이 먹는 것도 생각보다 나쁘지 않다는 걸 젊었을 때 알았더라면, 그래서 인생에서 내려야 할 중요한 결정들을 시간이란 기준에 떠밀려 허겁지겁 내리지 않았더라면 내 인생은 좀 더 좋아졌을지도 모르겠다. 어쩌겠나. 그런 깨달음도 나이가 들어서야 찾아오는 걸. 그러니 이 글을 읽는 젊은이들이 알아줬으면 좋겠다. 나이 먹는 게 꼭 나쁜 일만은 아니란 걸.

。

그냥
들어줄 것

위로나 응원보다 상대방의 감정을
있는 그대로 받아주는 것이
더 큰 위안이 될 때가 많다.
또한 상대방의 이야기에 진심으로
공감할 때 내 마음의 그릇도 커진다.

야마나 유코,《입버릇을 바꾸니 행운이 시작됐다》

ㅇ

내 이름을 걸고 쓴 책 한 권이 나오고 나서 오랫동안 슬럼
프에 시달렸다. 두 번째로 계약한 책의 원고를 써야 하는데
도무지 어떻게 써야 할지 종잡을 수 없었다. 야심만만하게 목
차를 짠 것까진 좋았는데 그다음부터 어떻게 한 꼭지 한 꼭
지 풀어가야 할지 가도 가도 끝나지 않는 안개 속을 헤매는
것 같았다.

답답한 마음에 책을 쓰는 데 도움이 되고 자료가 될 만해
보이는 책만 한도 끝도 없이 사들였다. 사들인 책이 서재 한
구석에 탑처럼 쌓여갈수록 마음의 부담도 그만큼 늘어났다.
그래도 글은 써지지 않았다. 그래서 영감이 오기까지 기다렸
다. 사실 그건 핑계였고 도저히 그 글을 쓸 수 없다는 자괴감
에 차일피일 미루고 있었다.

그러던 어느 날 마음으로 믿고 의지하는 선배 하나가 간만
에 얼굴 한번 보자고 연락을 해왔다. 일하느라 바빠서 시간이
별로 없던 우리는 저녁이나 차는 건너뛰고 어차피 둘 다 책
만 붙잡고 사느라 운동 부족이니 호수공원에서 만나 산책을
하며 이야기를 나누기로 했다. 우리는 휘영청 뜬 달빛이 환하

게 비치는 호수공원 입구에서 만나 천천히 공원으로 들어가며 이야기를 나누었다. 덥지도 춥지도 않은 밤에 호수를 끼고 깔끔하게 조성된 산책로를 따라 걸으며 이야기하다 보니 최근에 글이 써지지 않아 고통스럽다는 말이 자연스럽게 흘러나왔다.

그 선배에게 어떤 조언이나 도움을 바라고 한 말은 아니었다. 그저 글이 풀리지 않아 답답했던 참에 마침 좋아하는 선배를 만나 하소연을 하며 조금이라도 답답한 마음을 풀어볼까, 그러다 보면 다시 글이 써지지 않을까, 하는 단순한 기대에 건넨 말이었다. 그런데 그건 내 오해였을까? 아니면 선배의 오해였을까? 선배는 글이 써지지 않아 괴롭다는 내 말을 듣고 잠시 생각해 보더니 곧바로 조언을 하기 시작했다. 사실 전부터 생각했는데 내가 평소에 쓰는 글을 보면 너무 잘 쓰려고 애쓰는 것 같아 조금 보기가 거북했다고. 지금도 아마 그래서 더 못 쓰고 있는 건 아닐까 싶다고. 잘 쓰려는 마음을 털어버리고 대신 주제를 더 깊이 파고 들어가 보라고. 선배는 그 외에도 몇 가지 조언을 해줬는데, 사실 선배의 조언이 시작될 때부터 놀라서 다음 말이 하나도 귀에 들어오지 않았다. '내 글이 선배가 보기에 그렇게 부자연스러웠나? 그렇게 잘 쓰려고 안달하는 것처럼 보였나?'

선배의 조언이 끝나자 마음에 치명타를 입은 나는 간신히

"네, 참고할게요. 고마워요, 선배"라고 대답할 수 있었다. 달빛은 환했지만 짙게 깔린 어둠에 후끈 달아오른 뺨을 숨길 수 있어 그나마 다행이었다. 하마터면 눈물이 날 뻔했다. 선배는 몰랐을 것이다. 내가 그 말에 상처를 받았다는걸.

사실 난 내가 원고를 못 쓰고 있는 이유를 알고 있었다. 하나도 아니고 사실 여러 가지 이유가 있었다. 그건 내가 다루기엔 너무 크고 방대한 주제였고, 아직 내 글의 수준이 그런 깊고 큰 주제를 다룰 깜냥이 되지 않았으며, 무엇보다 계약 기간 내에 마음을 다잡고 자료를 판다고 나올 수 있는 글이 아니라 오랜 세월 사물과 자연과 사람을 깊이 관찰하고 숙고한 사람만이 쓸 수 있는 글이었다는 걸. 그래서 부족하나마 잘 써야겠다고 버둥거리다 보니 오히려 진창에 빠진 것처럼 옴짝달싹하지 못했다는 걸 알고 있었다. 다만 그로 인해 쓰던 원고도 아닌 평소에 쓰는 글까지 공격을 받게 될 거라곤 예상하지 못했다. 그것도 믿고 의지하는 선배에게.

그 만남이 있고 난 뒤로 마음의 고통을 호소하는 사람에게 내가 해줄 수 있는 건 과연 뭘까, 란 의문이 가끔 떠올랐다.

그렇게 그 가을이 가고, 겨울이 가고, 이듬해 봄이 와서 아이가 고등학교에 입학했다. 새 학년에 올라가 반이 바뀌면서 담임 선생님과 반 친구들이 바뀌는 것도 힘든데 중학교에서 고등학교로 올라간다는 건 아이에게 굉장히 큰 변화가 일어났다는 걸 의미했다. 아이는 그다지 힘들지 않은 표정으로 새 친구들과 새 담임 선생님과 무엇보다 고등학교라는 좀 더 크고 복잡해진 환경에 적응해 나가는 것처럼 보였다. 일하는 엄마인 나는 그저 아이가 적응을 잘하고 있나 보구나, 라고 안이하게 짐작할 뿐이었다.

그러던 어느 날 같이 저녁을 먹고 있는데 아이가 불쑥 말했다. "엄마는 요즘 울어본 적 있어?" 나는 "아니"라고 아무 생각 없이 대답했다가 더럭 겁이 났다. "왜 그런 걸 물어봐?"

아이는 솔직하게 대답했다. "어젯밤에 울었어. 1시까지." 그 말을 듣자 갑자기 눈앞이 하얗게 변하면서 어떻게 해야 할지 알 수 없었다. 난 정신없이 아이에게 해줄 말을 찾았다. 위로를 해줄까, 조언을 해줄까? 새 학기엔 다 힘든 법이라고 해줄까? 시간이 흐르면 다 해결될 거라고 해줄까? 대체 뭐가 문제냐고 물어볼까?

내가 이렇게 저렇게 머릿속으로 온갖 대답을 시뮬레이션해 보다 입을 열어서 서툴게 위로하려고 하자 아이가 한 손을 들어 올렸다.

"됐어, 엄마. 지금은 엄마가 무슨 말을 해도 도움이 되지 않아. 그러니까 그냥 아무 말도 하지 말아줘"라고 야무지게 한마디 하면서. 나는 그 말에 심장이 쿵 내려앉으면서도 한편으로 고개를 끄덕일 수밖에 없었다. 살다 보면 숨도 쉬어지지 않을 만큼 괴롭고 힘들고 슬플 때가 있다. 그럴 때 누군가 옆에서 있어주면 좋겠지만 그 누군가가 섣불리 위로하려고 하거나 조언이라고 한 말에 그렇지 않아도 아픈 마음이 더 갈기갈기 찢어지는 것 같은 경험을 한 적이 나도 여러 번 있지 않은가? 나 역시 아이를 위로하거나 먼저 살아본 자의 권리랍시고 이런저런 조언을 했던 게 도움이 되지 않았기 때문에 지금 아이가 내 말을 막는 것이 아닌가?

나는 아이의 한마디에 담겨 있는 그 의미를 깨닫고 부탁대로 아무 말도 하지 않았다. 대신 아이를 꼭 껴안아 줬다. 오랜만에 아주 오랫동안. 그리고 딱 한마디 했다. "언제든지 엄마랑 이야기하고 싶으면 말해. 엄마가 들어줄게." 아이는 고개만 끄덕였다.

그 후로 한동안 아이의 안색을 살피느라 전전긍긍했지만 대놓고 이젠 지낼만하냐고 묻진 않았다. 아이에겐 아이의 사생활이란 게 있으니까. 아이는 그렇게 내 마음을 졸이다가 시간이 지나자 서서히 방에서 친구와 통화하며 깔깔거리기도 하고, 다시 내게 농담을 하거나 뻗대는 얄미운 사춘기 소녀로 돌아갔다. 가끔은 우울한 낯빛이 보일 때도 있지만 그럴 때는 신경 써서, 맛있는 걸 해주는 것으로 내 마음을 표현할 수밖에 없다. 엄마의 조언이나 위로가 필요하다면 아이가 먼저 다가와 청할 테니까. 그때까지 엄마는 기다려야 하니까.

　살면서 아프고 힘들었던 날은 누구에게나 쇠털처럼 많을 것이다. 나 역시 그랬다. 인생을 살면서 몇 가지 중요한 결정을 내렸을 때 친구들과 지인의 열화와 같은 반대를 샀던 적도 있었고, 그렇지 않아도 힘든 마음에 비수를 찌르는 말도 몇 번 들었다. 다 조언을 가장한 비판이나 심판이었을 뿐이다. 나 역시 친구에게, 후배에게, 제자들에게 그랬을지 모른다. 나만 기억을 못 하거나 아예 의식도 하지 못했을 뿐. 타인의 아픔을 내 관점에서 해석해서 지적하고 개선하려 들었을지 모르고. 악의 없는 말이었지만 상대를 충분히 배려하지 못해 상처 주는 말을 했을 것이다. 이제라도 내게 그런 면이 있다는 걸 알고 경계할 수 있어서 다행인 셈이다. 덕분에 전보다 더 성숙한 엄마, 더 현명한 어른으로 아이의 아픔을 대할 수 있을 것 같다. 아이가 아닌 내 옆의 다정한 타인들에게도 그리해야지.

시간이 가져다 준
위로

사는 게 낯설지? 또 힘들지?
다행스러운 것이 있다면
나이가 든다는 사실이야.
나이가 든다고 해서
삶이 나를 가만두는 것은 아니지만
적어도 스스로를 못살게 굴거나 심하게
다그치는 일은 잘 하지 않게 돼.

박준, 《운다고 달라지는 일은 아무것도 없겠지만》

○

　박준 시인의 산문집《운다고 달라지는 일은 아무것도 없겠
지만》을 읽다가 이 구절과 마주치자 저절로 고개가 끄덕여졌
다. 시인이 힘들고 감당 안 되는 일을 겪은 지 얼마 안 됐을
때 만난 어떤 선생님이 해준 말이라고 했다. 아픔을 겪은 시
인을 섣불리 위로하려 들지 않고 한동안 묵묵히 입을 다물고
있다가 하신 말씀이라고 하니 위로하는 법을 제대로 아는 현
명한 분이란 생각이 들었다.

　내게도 이런 비슷한 말을 해준 어른이 있었다. 40대 초반
에 그분을 만나지 않았더라면 내 인생은 지금과는 상당히 달
라졌을지도 모른다. 그분은 나의 심리 상담을 해준 심리학 박
사이자 카운슬러였다.

　어느 날 나의 일상이 와르르 무너졌다. 미래에 대한 정체
모를 불안과 공포가 밤마다 해일처럼 밀려와 잠을 이룰 수
없었고, 간신히 잠들어도 서너 시간만 지나면 느닷없이 깨버
렸다. 바깥은 아직 컴컴한 시간에 일어나 방 안을 둘러보면
허허벌판에 나 홀로 서 있는 것처럼 고독하고 무서웠다. 외적

으로 보면 별일 없었다. 일은 꾸준히 들어와 번역가로서 착착 자리를 굳혀가고 있었고, 아이는 잘 크고 있었다. 가족들 모두 건강했고 나도 아픈 곳이 없었다. 뭐가 문제인지 도무지 알 수 없어서 더 두려웠다.

아침에 눈을 뜨는 순간부터 마음이 착 가라앉으면서 공포가 시작됐다. 어떻게 또 하루를 보내야 할까. 어떻게 그 공허한 시간들을 메워야 할까. 아무렇지 않은 얼굴로 아이를 학교에 보내고 집안일을 하고 번역을 하면서 시간이 흘러갔지만 순간순간 찾아오는 공허가 너무도 무서웠다. 아무리 허우적거려도 발이 허공에 떠 있고 진공 상태에 혼자 갇혀 있는 느낌이 들었다. 누군가와 만나서 이야기를 나눠도 내 말이 상대에게 가닿는 실감이 들지 않았다. 나는 열심히 소리치고 있는데 상대는 유리 벽 너머에서 아무것도 듣지 못하는 것 같은 느낌에 사람도 만나고 싶지 않았다. 외로워도 슬퍼도 변함없이 미련스러울 정도로 솟구치던 식욕도 난데없이 실종되고, 만성 수면 부족에 시달리느라 몸도 쇠약해져 갔다. 나날이 깊어지는 우울과 공포에 이러다간 큰일 나겠다 싶어 집 근처에 있는 심리 상담소를 찾아갔다.

천근만근 무거운 마음으로 상담소 문을 열고 들어가자 동그란 얼굴의 50대 여자 카운슬러가 환한 미소로 날 맞아줬다. 그렇게 우리의 만남은 시작됐다.

심리 상담이란 내가 예상했던 것처럼 내가 이야기를 늘어놓으면 카운슬러가 내 마음과 심리를 분석하고 적절한 해답이나 처방을 제시해 주는 그런 것이 아니었다. 카운슬러는 이야기를 풀어놓을 수 있게 질문을 한두 개 하거나 실마리를 툭 던져놓고 말없이 내 이야기를 듣다가 가끔 한마디를 던져서 나 스스로 문제가 뭔지 깨닫게 했다. 처음에는 뭔가 속은 기분이 들기도 했다. 마냥 이야기만 들어주는 거라면 친구도 할 수 있는 것 아닌가?

그렇게 상담 횟수가 늘어가면서 차츰 깨달았다. 과거에 생겼지만 다 치유됐다고, 잊었다고 생각한 상처들이 마음속 깊숙이 꼭꼭 숨어 있다가 수면 위로 올라와 날 거침없이 찔러댔다는 사실. 내가 살아오면서 똑같은 실수들을 계속 반복하는 이유를. 왜 그렇게 외롭고 옆에 아무도 없다고 느꼈는지 단서를 찾을 수 있었다. 상담에서 카운슬러가 나를 돕기 위해 가장 역점을 둔 부분은 내가 바라고 기준을 설정한 '완벽한 나'라는 허상을 버리고 있는 그대로의 나를 받아들이면서 내가 가진 장점들과 내가 이뤄온 일들을 제대로 인지하고 자부심을 가지게 하는 것이었다.

그 카운슬러와 이야기를 나누면서 비로소 내가 그동안 한 번도 진실로 나 자신을 사랑해 본 적이 없다는걸, 언제나 내게 이런저런 기대를 걸었다 실망한 타인들의 눈으로 나를 보며 심판의 잣대로 평가하고 있었다는 사실을 깨달았다. 박사는 내게 스스로에게 관대해지라고, 나는 지금 이대로도 아주 멋진 사람이라고, 그걸 자신의 눈으로 볼 수 있어야 한다고 말했다.

그렇게 열 번의 상담이 끝나자 더 이상 자다가 새벽에 벌떡벌떡 일어나지 않게 됐고, 외롭다고 느끼지도 않게 됐다. 나에게 나라는 가장 소중하고 중요한 동반자가 있다는 사실을 알게 된 것이다. 누가 좀 날 사랑하고 아껴줬으면, 내가 좋은 사람이고 괜찮은 사람이란 걸 알아줬으면 싶은 마음이 충족되지 않는 기분에 혼자인 것 같은 막막한 고독을 느꼈던 이유는, 결국 사랑과 인정받고 싶은 욕구를 전부 밖에서 찾았기 때문이었다. 내가 나를 사랑하지 않으면 타인도 사랑할 수 없다는 진리를 나이 마흔이 넘어서야 알게 됐다. 그렇게 '나'라는 테두리 안에서 끝도 없이 맴돌며 괴로워하다 마침내 벗어나자 나를 사랑해 주는 가족과 친구들이 눈에 들어왔다.

그 후로 인생이 내게 다정해지기 시작했다. 나는 더 이상 반짝반짝 빛나는 20대도 아니고, 아직 늦지 않은 인생의 온갖 가능성을 탐구하며 열정을 불태우던 30대도 아니지만 괜찮았다. 전보다 숨 쉬는 것도 편안해지기 시작했다. 잊을 만하면 정수리에 맹렬하게 돋아나 정기적으로 염색을 하게 만드는 흰머리가 있어도, 얼굴 여기저기가 슬슬 처지고 주름이 패는 구석이 보여도, 하루가 다르게 체력이 떨어지긴 해도, 이제는 더 이상 힘이 넘치던 시절처럼 나를 다그치거나 못살 게 굴지 않았다. '이만하면 괜찮아, 이만하면 아주 잘했어.' 나는 사랑하는 갈색 고양이 송이의 엉덩이를 팡팡 두드리며 예뻐하는 것처럼 날 다독이며 잘했다고 말하게 됐다.

《미움받을 용기》를 쓴 작가 기시미 이치로는 우리들에게 평범해질 용기를 내라고 했다. 그 문장을 읽었을 때 참 반가 웠다. 그래, 뭐가 꼭 되어야 하는 건 아니잖아. 나는 나대로 참 괜찮은 사람이고, 지금까지 잘 살아왔어, 라고 진심으로 느끼게 됐다. 물론 그런 대오각성을 했어도 여기저기서 튀어 나오는 삶의 복병들을 막을 수 있는 건 아니다. 인생에선 여 전히 앞으로 나가기는커녕 제자리걸음을 하거나 뒷걸음질을 치는 순간도 꼬박꼬박 찾아온다. 그래도 괜찮다. 인생이란 그 런 거라는 걸 마침내 깨닫고 받아들였으니까. 지금까지 버텨 온 것만으로 대단하다는 걸 그 박사님을 통해 알았다.

영어에 'grounded'란 형용사가 있다. 30대에 번역을 시작 하면서 이 말을 처음 접했지만 이 말의 진정한 뜻이 발을 단 단한 땅에 확실하게 딛고 선 감촉이자, 거기서 나온 '현실에 기반을 둔'이라는 의미를 그전에는 실감하지 못했다. 그러나 허공을 둥둥 떠다니는 것 같았던 내 발은 이제 땅으로 내려

와 분명하고 힘 있게 그 땅을 밟고 있다. 그것이야말로 나이
가 주는 위안이다.

°

약속의
의미

"어떤 남자를 만나야 돼?"하는 물음에

10자 이내로 대답하라고 하면

엄마는 우선 이런 이야기를 할 수 있어.

"잘 헤어질 수 있는 남자를 만나라."

공지영,《네가 어떤 삶을 살든 나는 너를 응원할 것이다》

○

    핸드폰으로 문자를 보냈다.

    '이번에는 며칠 일찍 보내줄 수 있어?'

    문자를 보낸 지 1분도 안 돼서 전화가 왔다. 핸드폰 액정에 '아이 아빠'라고 떴다. 전화를 받자 "어제 보냈는데? 통장 확인 안 해봤어?"라는 말이 들려왔다. 요즘 바빠서 잔고 확인도 안 하고 문자를 보낸 것이다. "어, 그랬어? 고마워. 확인해 볼게." 나는 그렇게 대답하고 전화를 끊었다. 아이의 양육비로 아이 아빠와 한 통화였다.

    공지영 작가가 딸에게 헤어질 때 좋게 헤어질 사람, 어떤 이유로 이별하건 잘 헤어져 줄 수 있는 남자인지 잘 살펴서 만나라고 한 말을 기준으로 치면 나는 남자를 잘 고른 건지도 모르겠다. 물론 처음 만나서 결혼할 땐 몰랐다. 이 남자가 잘 헤어져 줄 남자인지. 만난 지 반년도 안 돼 결혼한 남자와 결국 10년 뒤에 헤어졌지만, 이 남자와 만나길 잘했다고 생각하는 이유가 있다. 나에게 좋은 배우자는 아니었지만(그 점은 나도 마찬가지) 아이에겐 좋은 아빠, 약속은 반드시 지키는 아빠라는 점이다.

아이에게든 어른에게든 약속을 하면 피치 못할 사정이 있지 않는 한 지키는 게 당연하지만 나에게 약속이란 좀 특별한 의미가 있다. 40대 초반에 우울증이 심해져서 상담을 받은 적이 있었다. 그때 카운슬러가 이런 말을 했다. "본인이 계속 다른 사람과의 관계를 묘사할 때 기다린다는 말을 많이 쓰는 거 알아요? 왜 그렇다고 생각해요?" 나는 깜짝 놀랐다. 내가 그런 줄 몰랐고, 그 이유도 몰랐기 때문에. 카운슬러는 그 이유를 생각해 보고 다음번 상담에는 그 이야기를 해보자고 숙제를 내줬다.

나는 한 주 동안 그 숙제를 곰곰이 생각했고 카운슬러와 다시 만났을 때 그 미스터리를 풀 수 있었다. 첫딸로 태어난 나는 아빠의 사랑을 독차지했다. 아빠는 딸 바보, 나는 아빠 바라기였기 때문에 여덟 살 때 어느 날 갑자기 아빠와 엄마가 헤어져서 따로 살기로 했다고 동생과 나에게 통보했을 때 핵폭탄을 맞은 것 같은 충격을 받았다. 어른들의 복잡한 사정은 알 수 없었고 아빠 이야기만 나오면 화를 내며 마치 방언이 터진 것처럼 욕하는(내 평생 들은 욕은 그때 다 들어본 듯) 외할머니 때문에 이유를 물어볼 수도 없었다. 아빠는 그렇게 생살을 찢어내는 것처럼 내 인생에서 떨어져 나가버렸다. 그때부터 옆집 수저 개수까지 다 아는 소도시에서 사는데도 아빠를 만날 수 없었다. 아빠는 가끔 전화해서 언제 보러 가겠다,

무슨 선물을 가지고 가겠다는 약속만 거듭했다. 나는 기다리고 또 기다렸고, 아빠는 계속 지키지도 못할 약속만 했다. 아빠가 약속을 지킬 리 없다는 사실을 마침내 받아들인 건 대학교 입학을 위해 서울에 올라갔을 때였다.

물론 중간에 가끔 꿈에 용 보듯 만나긴 했지만 언제나 아빠가 느닷없이 연락해서 거리에서 혹은 어두컴컴한 다방에서 스파이끼리 비밀 접선하는 것처럼 5분 정도 얼굴 보고 헤어지곤 했다. 아빠가 재혼해서 새 가정을 이루고 거기에 충실하려다 보니 그렇게 할 수밖에 없었다는 사정은 어느 정도 짐작하고 있었지만, 머리로 이해한다고 가슴이 아프지 않은 건 아니었다.

그때는 몰랐는데 공수표를 남발하는 아빠에 대한 분노와 사랑하는 사람과 약속하면 올 때까지 계속 기다려야 한다는 강박 관념이 합쳐져 내 마음속에 거대한 응어리가 생겼다는 걸 상담을 통해 알게 됐다. 오랫동안 풀리지 않던 수수께끼가 갑자기 풀린 느낌이었다. 친구나 애인이 약속을 어기거나, 늦거나, 바람을 맞힐 때마다 내가 이성을 잃고 화를 냈던 이유를. 항상 어떤 약속이든 늦지 않기 위해 먼저 가서 기다리는 나. 상대가 약속에 늦으면 나타날 때까지 기다리는 나. 그런 나의 마음속엔 아빠를 하염없이 기다리며 초조해하고 분노하던 아이가 있다는 걸 그때 비로소 알았다.

다행히 아이 아빠는 내 아빠와 달랐다. 헤어지고 나서 약속한 양육비는 꼬박꼬박 거르지 않고 제날짜에 맞춰 보내주고, 졸업식, 생일 같은 아이의 중요한 행사는 살뜰히 챙겼다. 아이에게 약속을 하면 무슨 일이 있어도 꼭 지켰고, 아이가 자신에게 소중한 자식이라는 걸, 아이의 인생에 계속 어떤 식으로든 같이 있을 거라는 마음을 행동으로 표현했다. 어쩌다 만나도 허세나 부리며 정작 듣고 싶은 말은 한마디도 해주지 않았던 나의 아빠와 달리 아이 아빠는 지극히 보수적인 사고방식 때문에 아이와 충돌도 하고 싸우기도 하지만 그래도 아이는 아빠가 자길 사랑한다는 걸 잘 알고 있다.

사람과 사람이 관계를 맺어서 유지할 때 가장 중요한 요소는 바로 믿음, 신뢰다. 그런 믿음은 잠시 잠깐 잘해주거나, 치명적인 매력으로 홀리거나, 돈으로 살 수 있는 게 아니다. 믿음은 둘 사이에 한 사소한 약속 하나하나를 지켜서 쌓아가는 성과 같다. 통장에 꼬박꼬박 저금하는 것처럼 이 사람이 나에게 상처 주지 않을 것이며, 이 사람이 하는 말은, 약속은 믿을수 있고, 내가 의지할 수 있는 사람이라고 안심하는 마음을 저금한다.

아이가 세상에 태어나 최초로 맺는 인간관계인 부모 자식간의 신뢰를 저버리면 타인과 맺는 관계의 기초를 단단하게 다질 수 있는 토대가 사라져 버린다. 나를 낳아준 부모도 믿을 수 없는데 세상 그 누구를 믿을 수 있을까? 인간은 인간에 대한 믿음 없이는 현실이라는 단단한 땅에 뿌리내리지 못한다. 그래서 부모든 누구든 아이를 양육하는 사람은 아이에게 거짓말을 해서도 안 되고, 지키지 못할 약속을 경솔하게 해서도 안 된다.

아이에게 약속을 잘 지키는 아이 아빠를 보며 생각한다. 아이에게 잘하는 것이 사실은 자신이 행복해지는 비결이란 걸 알고 있는 사람이라고. 부모와 자식 간의 본능적 사랑, 흔히 내리사랑이라고 하지만 아이 역시 누가 가르쳐 주지 않아도 태어난 순간부터 부모를 사랑한다. 종종 예외도 있지만 난 아이와 부모 사이에는 보이지 않는 끈이 이어져 있다고 생각하며 살아왔다. 물론 처음에는 핏줄로 시작된 끈이지만 그 끈이 이어지기 위해선 성실하고 꾸준한 노력이 필요하다. 부모는 어른으로서 어떤 상황에서도 항상 아이를 보호하고 사랑해야 한다. 그것이 결국은 자신을 지키고 사랑하는 것이기에. 그런데 세상에는 아직도 그걸 모르는 사람이 너무 많은 것 같다.

。

본받고 싶은
태도를 지닌 사람

중요한 건 어떤 길을 걷느냐가 아니라
어떻게 걷느냐다.

나카야마 시치리, 《안녕, 드뷔시》

○

유년기의 가정 환경이나 집안 분위기는 한 사람의 일생에
알게 모르게 지대한 영향을 끼친다. 어렸을 때 우리 집은 넉
넉하진 않았지만 그걸 부끄러워하지 않았고, 무엇보다 돈에
대해 언급하는 것을 경멸했다. 아이들은 어른들의 표정이나
이따금 창백해지는 안색, 지나치며 듣는 한마디, 무심코 흘리
는 한숨으로 집안 형편을 짐작하는 경우가 많았다. 우리 집만
그랬던 게 아니라 너 나 할 것 없이 다들 사이좋게 가난했기
에, 당시 지역 사회는 가난해도 부끄러움과 수치를 알고 최소
한의 품위를 지키려고 애쓰는 분위기였다.

그러다 서울로 대학에 와서 머리를 망치로 맞은 것 같은
문화적 충격을 받았다. 서울은 사방에 돈을 처발라 번쩍번쩍
빛나게 만든 도시처럼 보였고(시간이 좀 지나고 보니 고향 소도
시보다 더 초라한 곳도 많았지만) 돈이 휘두르는 무소불위의 절
대 권력 앞에서 갓 상경한 촌뜨기는 한없이 주눅이 들었다.
그래도 그때까지 20년 가까이 살아오면서 체화된 가치관이
랄까, 철학이 있었기 때문에 노골적으로 돈에 연연하는 속물
은 되지 말자고 결심했던 기억이 난다(그래서 내가 여태 돈과

친하지 않은 것일까).

서울 생활에 서서히 적응하던 3학년 때 남자 선배를 하나 알게 됐다. 군대에서 전역한 지 얼마 안 됐던 그 선배는 우리 과에서 소문난 부잣집 딸이었던 한 언니를 쫓아다니기 시작했는데 내가 그 언니와 친한 걸 알고 그 언니에 대해 꼬치꼬치 캐물었다. 선배에게 그 이유를 듣고 보니 실소가 나왔다. "쟤네 집이 그렇게 부잣집이라며? 쟤 정도면 내가 꼬실 수 있을 것 같거든. 나 쟤랑 결혼하는 게 목표야." 나는 그 말에 일단 놀랐고 그다음엔 재미있다는 생각이 들었다. 어떻게 저런 뻔뻔스런 말을 표정 하나 안 바꾸고 할 수 있지? 그래도 그럴싸하게 포장하지 않고 솔직하게 털어놓는 유치함이 귀여워 보일 지경이었다.

그 선배는 몇 달 동안 줄기차게 언니를 공략했지만, 시대를 앞서간 비혼주의자였던 그 언니에겐 씨알도 먹히지 않았다. 나는 그 언니가 어련히 알아서 철벽을 칠 거란 걸 알고 있어서 따로 조심하라고 일러줄 필요도 느끼지 못했다.

그렇게 세상 물정 모르는 천둥벌거숭이 같던 나도 자고 일어나면 흰머리가 부쩍부쩍 돋아 있는 나이가 되고 말았다. 그래서 그런지 요즘은 어떻게 사는 것이 잘 사는 것일까, 라는 생각을 자주 하게 되고 생각의 각도도 전과 달라졌다. 나도

40대 초반까지만 해도 사람들이 알아주는 성공도 해보고 싶었고, 부자도 되고 싶었다. 결국 바람과는 다르게 성공과는 거리가 먼 삶을 일관되게 살았고(이런 부분은 일관성 있고 싶지 않은데), 여전히 경제적으로도 쪼들리고 있지만 대신 유명 인사들도 만나보고, 부자들도 만나봤다.

그들로부터 좋은 쪽으로든 나쁜 쪽으로든 인생에 대해 많이 배웠고 이제는 그런 세속적인 가치들이 젊었을 때 생각만큼 중요하지 않다는 걸 알게 됐다. 인생에서 정말 중요한 건 뭘까? 내가 존경하는 사람은 어떤 사람인가? 자식에게, 후배들에게 이런 사람이 바로 진정한 어른이지, 라고 자신 있게 보여줄 수 있는 건 뭘까? 라고 생각하니 답은 하나였다. 그것은 '본받고 싶은 어른의 태도'를 지닌 사람이었다.

태도를 생각하면 우선 작가 무라카미 하루키가 떠오른다. 내가 좋아하는 에세이스트이자 소설가인 그는 어깨에 힘을 빼고 글을 쓴다는 것이 어떤 느낌인지 명쾌하게 제시하는 한편 앞이 보이지 않는 막막한 인생에서도 한결같이 성실한 자세를 견지한다면 어떻게든 살아진다는 메시지를 글과 인생으로 보여줬다. 베를린 장벽 붕괴를 시작으로 공산주의도 문을 닫고, 종교도 과거의 영광을 잃고, 자본주의의 무한 경쟁이 서서히 마수를 드러내기 직전의 혼란스럽던 시대에 그의 글은 방황하는 청춘들에게 어느 쪽으로 가야 할지 가리켜 주는 일종의 방향타와 같았다. 적어도 내게는 그랬다.

일에 대한 태도를 가르쳐 준 어른은 엄마였다. 화장품 대리점을 하다가 몇 년 뒤에 접고 백화점에서 화장품을 팔았던 엄마는 그 후에 대서소에 다니는 외삼촌 밑에서 사무를 봤다. 삼촌은 술을 마시면 가끔 엄마가 학교만 제대로 나왔어도 큰 인물이 됐을 거라고, 엄마의 일머리가 굉장히 뛰어나다고 아쉬워했다. 그러다 집안이 쫄딱 망해서 엄마는 돈을 벌기 위해 서울로 올라왔지만, 기술도 없고 교육도 받지 못한 중년 여자가 달리 할 수 있는 일이 없었다. 엄마는 궁여지책으로 직업소개소를 통해 모텔의 객실 청소 일을 시작했다. 다행히 일을 시작하자마자 여기저기서 오라는 곳이 많았고, 그중에 가장 조건이 좋은 곳에 들어가 상당히 오래 일했는데 나중에 이런 이야기를 했다.

"처음에 그 일을 시작했을 때는 어떻게 해야 할지 암담했다. 그래도 열심히 하면 어떻게든 되겠지 싶었어. 그래서 소개소를 통해 일이 들어오면 팔 걷어붙이고 죽어라 청소했어. 보이는 데만 대충 닦고 시간만 때우다 가는 사람들도 많았지만 난 그러지 않았지. 나도 자존심이 있었거든. 기왕 하는 거 누가 뭐라고 토 달지 못하게 잘해보자 하고 침대 시트 각 잡아서 정리하는 것부터, 전구 갈고, 변기 고치고, 수도꼭지도 수리해 가면서 어지간한 관리인보다 더 열심히 했어. 모르는 건 거기서 일하는 아저씨들에게 요구르트 하나씩 줘가면서 배워서 했지. 청소할 때도 비품 하나 허투루 쓰지 않고 손님들이 쓰다 버리는 비누를 주워서 활용했고. 그렇게 일하니까 한 번을 일해도 사장들이 알아보고 다들 자기랑 일하자고 잡더구나. 일이 있다는 건 고마운 것이고, 무슨 일이든 일단 하게 되면 스스로 보기에 부끄럽지 않게 해야 해."

엄마의 그 말을 듣고 나는 일에 대한 내 태도에 대해 다시 돌아보게 됐다.

사람을 대하는 태도를 가르쳐 준 언니들도 있었다. 친한 사이에도 예의를 잃지 않고 항상 경우 바르며, 매사를 상대 입장에서 객관적으로 생각하는 동시에 사람들의 허물이나 아픔까지도 넉넉하게 품어주는 언니들의 마음 씀씀이를 보며 그 반만이라도 따라가고 싶다고 생각한 게 한두 번이 아니다.

예를 들어 한 언니는 집에 놀러 온 아들 친구에게 남편이 "느그 아버지 뭐하시노?"라고 물어보는 걸 보고 기겁해서 그 친구가 집에 간 후에 핀잔을 쳤다고 한다. 왜 남의 아버지에 대해 물어보냐고. 그 친구에게 아버지가 안 계실 수도 있고, 남에게 말하기 싫은 일을 할 수도 있는데 그럴 때 그 아이는 어떻게 대답해야 하느냐고. 남편은 미처 그쪽으론 생각을 하지 못했다고 앞으로는 그러지 않겠다고 답했다고 한다. 그 이야기를 들으며 언니의 배려와 인품에 다시 감탄했다.

또 한 언니는 식당을 하는데 직원 중 하나가 언니의 남편과 말다툼을 한 끝에 악담을 퍼붓고 나갔다고 한다. 그 이야기를 전해 들은 나도 화가 날 정도로 지독한 악담이었고 그걸로 그 사건은 일단락되는 듯싶었다. 그러고 몇 년 후에 그 직원이 안 좋은 일을 당해서 돈이 필요한 처지가 됐다. 언니는 그 소식을 다른 사람에게 전해 듣고 그 직원에게 돈을 빌려줬다는 이야기를 했다.

나는 언니의 행동을 이해할 수 없었다. 사람 좋은 것도 정도가 있지, 그렇게 악담을 하고 나간 사람까지 챙겨줄 필요가 있냐고 내가 핀잔을 주자 언니가 말했다. 그 직원이 한 말은 밉지만 사정을 알면 도저히 안 도와줄 수 없는 상황이었다고. 감동한 그 직원은 온몸이 부서져라 일해서 예상보다 일찍 언니에게 돈을 갚고 고맙다고 인사를 했다고 한다. 그 일련의 사태를 보며 용서와 관용에 대해 다시 생각하게 됐다.

살면서 대학교 때 본 그 황당한 선배처럼 잘 살아보겠다고, 남보다 앞서가겠다고, 성공 좀 해보겠다고 사람들이 저지르는 다양한 작태를 봐왔다. 이 나이가 되고 보니 세상 이치라는 게 꼭 나쁜 짓을 한 놈이 벌을 받고 착하게 살아온 사람이 복을 받는 것 같지도 않다. 그래도 당대에서 끝나는 게 아니라 후손들까지 생각해서 긴 시야로 인생의 대차 대조표를 작성해 보면 지금과는 다른 풍경이 보인다. 그 풍경에 섰을 때 정말 존경하게 되는 어른이 진짜 어른이 아닐까.

。

느낌 좋은
어른

사람이 사귀는 것은
그의 과거가 아니라 현재 그리고
그 사람이 하는 일이 아니라 그의 인품이다.
아무리 뛰어난 업적을 이루었다 하더라도
함께 있는 사람을 배려할 줄 모르는 이와는
식탁을 같이하고 싶지 않다.

우에노 지즈코,《느낌을 팝니다》

○

　책 동네에서 오랫동안 일하다 보니 다양한 연령대의 사람들을 만나게 된다. 처음 일을 시작한 30대 초반에는 편집자들이 내 또래거나 나보다 나이가 많았고, 물론 출판사의 높은 분들도 다 연장자들이었다. 초보 번역가인 나는 주로 편집자들과 만나 실무를 논했다. 이제 먹기 싫은 나이를 꾸역꾸역 먹어 50대 초반에 이르니 같이 일하는 편집자들은 대부분 나보다 젊고, 어쩌다 출판계 모임에 나가면 전에는 좀처럼 만날 수 없었던 출판사의 주간이나 편집장이나 대표 같은 윗사람들을 만나게 됐다. 더 놀라운 건 그들과 나의 나이가 동갑이거나 나보다 적을 때도 많다는 것이다! 이럴 때는 고집스럽게 잊고 살았던 내 나이가 강제로 떠오른다.

　아무튼 비교적 젊었던 30대 초반에는 나보다 나이 많은 어른들은 무조건 어렵고 힘들고 불편하다고 생각해서 가끔 만날 기회가 있어도 매우 조심스러워하며 별생각 없이 지나쳤지만, 이제는 나 역시 싫어도 어른이 돼서 출판계뿐만 아니라 다양한 업종과 연령대의 연장자들을 만나는 일이 늘어났다. 그런 만남 속에서 눈에 들어오는 선배(?) 어른들, 제자나 후배로 나이는 나보다 적지만 나보다 더 어른 같은 젊은이들을 만나 관찰하다 보니 전에는 보이지 않았던 점들이 눈에 들어올 때가 있다.

한 번 만났는데도 어쩐지 느낌이 좋고 인품의 깊이가 있으며 여러모로 배울 점이 많을 것 같아서 따르고 싶고 더 만나보고 싶은 사람이 있는가 하면, 한 번 만났을 뿐인데도 더럭 짜증이 나면서 머리가 아프고 같이 있는 시간이 아까워 혹시라도 다시 보자고 할까 불안해지는 사람도 있었다. 가끔은 만남 자체가 불쾌했던 사람이 있는가 하면, 두고두고 생각나는 기분 좋은 사람도 있었다. 그중에서도 느낌이 좋아서 다시 만나고 싶어 인연이 이어졌던 사람들을 생각해 보면 몇 가지 공통점이 있다.

첫째, 그들은 나이에 상관없이 예의를 깍듯하게 갖추는 사람들이었다. 여기서 내가 말하는 예의란 단순히 상대의 나이에 상관없이 존대하는 사람이 아니라 말과 함께 격을 갖춰 상대를 존중해 준다는 뜻이다. 가끔 연장자에 사회적 지위까지 높은 사람들을 만나다 보면 입으로는 존대하지만 어딘지 모르게 나를 하대한다는 느낌을 받을 때가 있었다. 예의상 내가 말을 높여주긴 하지만 네가 나의 내공과 끗발을 따라오려면 아직도 한참 멀었어, 그냥 닥치고 내 이야기를 경청해. 이런 태도로 끝도 없이 이야기하는 부류가 있다. 가끔 그렇게 속사포처럼 거침없이 쏟아지는 말에 오류가 섞여 있어도 반박하거나 지적해선 안 된다. 그랬다가 호되게 야단맞은 적도 있었다. 저기요, 저도 알고 보면 적은 나이가 아니거든요!

노래방에 가면 마이크 잡고 안 놔주는 부장님처럼 모임에서 모든 이야기를 독점해야 하는 사람과 앉아 있는 자리는 피곤하다. 그에 반해 예의를 갖춘 어른이 진심으로 호기심을 가지고 사람들의 이야기를 들어주다가 누군가의 질문을 받았을 때 명쾌하고 간결하면서도 재미있게 답변하면 반할 수밖에 없다. 그런 이들은 대체로 자신의 답변을 끝내기가 무섭게 곧바로 다른 사람들의 이야기를 또 청한다. 말수가 적어도 어마어마한 무게와 존재감으로 좌중의 분위기를 지배한다. 그러니 또 만나 그 사람이 가진 내공의 비결을 캐고 싶어진다. 안타깝게도 그런 고수는 연장자보다 연하가 훨씬 더 많았다.

두 번째 공통점은 남을 배려하는 사람이라는 것이다. 어른이라고 항상 경제적으로 여유가 있진 않다. 가난한 청춘보다야 돈이 있지만 그렇다고 매번 만날 때마다, 모임이 있을 때마다 연장자가 다 낼 수야 없는 노릇. 그럴 때 센스 좋은 사람이 나서서 더치페이를 주선해 기분 좋게 모임을 끝내기도 한다. 인간관계에서 셈이란 굳이 장부책에 적어놓지 않더라도 마음에 새겨지기 마련. 선배가 비싼 밥을 샀다면 가끔 커피 한 잔 정도는 후배가 사는 미덕도 발휘해야 관계가 돈독해지기 마련이다. 부모 자식 관계도 한없이 퍼 주다 보면 지치기 마련이고 그래서 "내가 너를 어떻게 키웠는데" 타령이 나오기 일쑤인데 더군다나 타인과의 관계에서 연장자라는 이유 하나만으로 일방적으로 지갑을 여는 관계는 한계가 있다. 그런 면에서 보이지 않는 셈의 미학을 잘 실천하는 사람과의 관계가 오래가는 건 당연할지도 모른다.

세 번째 공통점은 자기 관리가 잘된 멋있는 어른이라는 것이다. 그런 어른들을 보면 기분이 좋아지고 또 만나고 싶고 닮고 싶다. 여기서 말하는 자기 관리란 비싼 피부 관리나 시술이나 명품 정장이나 시계 같은 것을 말하는 것이 아니다. 나이에 상관없이 눈빛이 맑고 형형한 사람, 타인을 만날 때는 등산하다 온 게 아닌 이상 깨끗하고 단정하게 차려입고 나올 줄 아는 사람, 언뜻 보기에도 일이나 다른 무엇에 자신을 혹사하지 않고 적절하게 건강을 돌보고 있다는 것이 겉으로 드러나는 사람, 무엇보다 욕망이 아니라 삶의 본질에 충실하게 사는 자세가 맑은 안색과 눈빛에 드러나는 사람이다.

자기 몸 하나도 관리할 수 없다는 점을 온몸으로 드러내는 경영자가 조직의 통솔과 규율과 정신력을 강조하면 신뢰가 덜 가는 건 당연한 것 아닐까? 마찬가지로 자신의 얄팍한 자존심을 보호하고 지켜줄 무기처럼 명품 핸드백을 휘두르며 백화점 매장의 직원에게 무례하게 구는 고객을 볼 때면 '빈 수레가 요란하다'는 옛말이 저절로 떠오른다. 만날 때마다 욕망의 언어만 구사하는 사람과의 대화도 피곤하다. 잘 먹고 잘 입고 큰 집에서 살고 싶은 욕망이야 당연히 누구에게나 있지만, 그런 노골적인 욕망 말고도 다른 가치를 대화에서 듣고 싶다. 그래서 좁디좁은 내 세계를 조금이라도 확장시킬 수 있는 사람을 만나고 싶다.

느낌이 좋은 사람이 아니라 느낌이 좋은 '어른'을 만나고 싶은 이유는 느낌이 좋은 사람은 나이에 상관없이 있지만 기왕이면 나보다 더 먼저 세상을 경험했고 나보다 더 오래 세상의 이치를 온몸으로 터득한 이들을 보며 나도 저렇게 나이 들고 싶다는 바람이 들어서였다. 그런 바람을 가지고 사람들을 만나니 운 좋게도 그런 느낌 좋은 어른들을 점점 더 많이 만나고 있다.

일주일에 세 번씩 태릉선수촌의 선수 수준으로 운동을 하며 전투적으로 열심히 사는 어른, 내가 몸담고 있는 출판계의 문제점에 대해 거침없이 쓴소리(하지만 꼭 필요한 말)해서 우리가 당면한 문제를 정확하게 일깨워 주는 어른, 나만 잘사는 게 아니라 다 같이 잘살기 위해 자신이 할 수 있는 것을 일상에서 열심히 실천하는 어른. 이런 어른들을 보며 나 또한 노력한다. 내 주위의 후배들이 날 보며 의지할 수 있고 영감을 받을 수 있게. 아니, 적어도 최소한 저렇게 나이 들지는 말아야지, 하는 말을 듣지 않을 수 있게 말이다.

5.

다시
시작하는
어른의
시간

"어쩌면 그것이 어른의 자세일지도
모르겠다.
망가진 자리에서 다시 시작하는 것.
그럼에도 포기하지 않고
책임을 지며 나아가는 것."

。

망가진 자리에서
다시 시작하기

길을 잃는 것이 어른이 되는 중요한

과정의 일부이다.

모야 사너, 《어른 이후의 어른》

ㅇ

"언니, 우린 어쩌다 이렇게 됐을까?"

내가 번역가로서 일하기 시작했을 때 인연을 맺은 후 오랫동안 내 동료이자 친구가 되어준 후배가 말했다. 밖에서는 영하의 칼바람이 거리를 휩쓸고 있는 어느 겨울날 우리는 따뜻한 차 한 잔을 두고 마주 앉아 이야기를 나누고 있었다. 2025년을 이틀 앞두고 오랫동안 살던 일산에서 서울로 이사 온 나를 보러 온 후배는 몇 년간 계속된 무시무시한 경기 불황으로 사업이 힘들어졌다. 하지만 그동안 나 역시 쉽지 않은 시절을 지나고 있음을 알기에 혼자서 그 뒷감당을 하면서 아무 내색도 하지 않다가, 그날 비로소 자신의 사정을 털어놓은 것이다.

눈시울이 붉어진 채 가라앉은 목소리로 그렇게 말하는 후배 앞에서 나는 마땅히 해줄 말을 찾을 수 없어 애꿎은 차만 계속 마셨다. 그러게, 우린 어쩌다 이렇게 됐을까…. 우리도 한때 희망차게 미래를 계획하던 때가 있었던 것 같은데. 점점 바닥을 보이는 찻잔을 멍하니 응시하다가 문득 너무 울창해서 태양도 가려버린 어두운 숲 한가운데서 우리가 길을 잃고

정처 없이 헤매는 것 같은 느낌이 들어 잠시 소스라쳤다. 그리고 슬퍼졌다. 이럴 때 후배보다 더 어른인 나는 어떻게 위로해 줄 수 있을까? 한없이 무력해지는 와중에 어른이란 뭔가, 라는 생각이 들었다.

사람들이 어른을 생각할 때 떠올리는 이미지는 뭘까? 한국적인 기준이라면 이런 것이겠지. 집을 살 것, 차가 있을 것, 결혼해서 아이를 낳고 기를 것. 그렇게 지극히 현실적이고 즉물적인 기준보다 나는 최근에 읽은 책《어른 이후의 어른》에서 나온 기준이 더 마음에 들었다. 거기서는 자기 자신을 돌보는 능력, 스스로 결정을 내리는 능력, 경제적으로 독립하는 능력을 어른을 판단하는 기준으로 삼았다. 그 외에도 '어른' 하면 떠오르는 사람은 마음이 단단한 사람, 책임지는 사람, 타인을 배려하는 사람, 예의 있고 공감할 줄 아는 사람, 지갑을 여는 사람, 무엇보다 위기가 닥쳤을 때 어떻게 대처해야 할지 답을 아는 사람. 그래서 어른이 아닌 이들이 의지할 수 있는 사람일 것이다.

그러나 나는 이런 기준에 부합되는 게 별로 없었다. 그런 나에게《어른 이후의 어른》이란 책은 꽤 위로가 됐다. 심리 상담사인 저자는 다양한 연령대의 사람들을 인터뷰하면서 그들이 어른인지, 본인이 어른이라고 느끼는지, 어른은 누구고 어떤 사람인지 물었다. 인터뷰이들의 인상적인 답변 중에서도 내 마음에 가장 크게 와닿았던 건 50대, 60대, 70대가 넘은 사람들도 때로는 자신을 어른이라고 생각했다가 또 가끔은 아니라고 대답한 것이다. 그들은 말했다. 어른은 어떤 고착되거나 완성된 상태가 아니라 끊임없이 변하는 상태라고.

그렇지, 하얗게 센 머리에 육체는 노쇠했지만, 지극히 현명하고 따뜻한 사람이 어른이란 건 그저 판타지에 불과했구나. 어른도 끝없이 흔들리면서 중심을 잡는 사람이구나. 어른도 길을 잃을 수 있구나. 다만 그 책에선 어른이란 울창한 숲 한가운데서 길을 잃었을 때 그곳이 어디인지, 내가 누구인지, 거기서 어떻게 빠져나와야 할지 알아내서 실천하는 사람이라고 결론을 내렸다.

나는 다시 전기 포트로 걸어가 물을 채우고 새로 차를 끓여서 후배와 나의 찻잔에 한 잔씩 더 따랐다. 그리고 지난 몇 년 동안 힘들었던 우리 상황에 관한 이야기를 나눴다. 나는 대입 시험을 준비하던 아이가 쓰러지면서 병간호를 하느라 몇 년 동안 지옥 같은 시간을 보냈고, 아이가 회복된 후에는 번역 일이 끊기다시피 해서 또 힘들었다. 독자들이 점점 사라져 가고, 영화를 비롯한 영상 산업이 힘을 잃어가고, 콘텐츠 업계에서 출혈 경쟁이 일어나고, 인공 지능으로 인해 일거리가 빠르게 줄어들고, 이렇게 개인적, 사회적인 불행이 속출하는 시간 속에서 나와 내 지인들은 정신없이 몇 년을 살았다.

돌이켜 보면 잘 지내냐는 안부를 묻기도 조심스러운 시간이 었다.

그래도 어찌어찌 버텨서 맞은 새해에 우리는 올해에는 좋은 일이 생기길 간절히 기원했다. 다시 칼바람을 헤치고 가는 후배의 뒷모습을 보며 생각했다. 어른은 답을 아는 사람이 아니고, 어른도 길을 잃을 수 있다. 다만 어른은 "숨을 참을 수 있는 사람이다. 이번 파도가 지나가면 숨을 쉴 수 있을 거라는 걸 알기 때문에." 그러니 우리는 지금 숨을 참고 있다고 생각하기로 했다. 그리고 이 혹독한 계절이 지나가면 참았던 숨을 크게 내쉬면서 허물어졌던 인생의 방벽을 하나씩 다시 세우게 될 것이다.

어쩌면 그것이 어른의 자세일지도 모르겠다. 망가진 자리에서 다시 시작하는 것. 그럼에도 포기하지 않고 책임을 지며 나아가는 것. 그렇다. 나와 후배가 느낀 유일한 자긍심이라면 우리는 인생이 내민 태산 같은 숙제를 피하지 않고 때론 울고 때론 화를 내면서도 어떻게든 해결해 왔다. 그러니 언젠가는 다시 숨을 쉬는 것이 편해질 날이 올 것이다. 그리고 그날이 왔을 때 우리의 어른력은 조금 더 올라갔을 것이다. 나는 그렇게 나를, 후배를 다독이기로 했다.

。

친구라는
지지대가 있다

"그거 아네? 네가 서울로 오기 전까지
나는 들판에 홀로 서 있는 기분이었다.
근데 지금은 내가 누구한테 당할까봐
네가 눈에 불을 켜고 지켜 앉았으니
얼마나 힘이 되는지 아네?"

조승리,《이 지랄맞음이 쌓여 축제가 되겠지》

◦

아끼던 후배가 희귀암에 걸린 후 쓴 에세이가 세상에 나왔
다. 아픈 후배를 보며 안타깝고 어떻게든 힘이 되어주고 싶
었던 나는 그가 부탁한 북토크 사회를 보기로 했다. 사람들
이 움직이기 꺼리는 일요일 오후에 하필 비까지 추적추적 내
려서 독자들이 올까 걱정했던 게 무색하게 북토크는 성황을
이뤘다. 작가와 같이 맨 앞에 나란히 앉아 독자들을 살펴보
니 아무래도 암 투병기 북토크라 그런지 병색이 비치는 분들
도 있었다. 나는 혹시라도 부주의하게 한 말이 이들에게 상처
가 될까 두려워 다른 때보다 더 조심스럽게 이야기를 이끌어
갔다.

작가의 이야기가 끝나고 질문을 받는 시간이 되자 손을 드
는 사람이 많았다. 하나하나 질문을 받고 작가가 답을 하는데
그중에 유독 눈에 띄는 사람이 하나 있었다. 20대 중후반으
로 보이는 아주 아름다운 여성이었다. 언뜻 보기에 건강해 보
여서 막연하게 내 후배의 팬인가 보다 생각했는데, 그의 질문
을 듣고 놀랐다.

그는 몇 년 전 암에 걸렸는데 부모님은 지방에 계시고 서

울에서 마땅히 도와줄 사람이 없어서 혼자 병원에 다니며 치료하고 투병했다고 했다. 말하다가 그때 외로움이 떠올랐는지 울컥하는 그를 보고 있노라니 나까지 콧날이 시큰거려서 눈물을 참느라 혼났다. 그날 여러 사람의 투병기를 듣고, 후배의 책을 읽으며 생각했던 것은 우리가 살아가면서 앓을 수 있는 질병 중 가장 위중하고 심각한 병이라고 할 수 있는 암에 걸렸을 때조차 홀로 아픈 사람들이 생각보다 아주 많다는 사실이었다. 아픈 것도 서러운데 혼자 아파야 한다는 건 얼마나 슬프고 힘들까. 나는 알지 못했던 사람들의 슬픔을 그날 뒤늦게 알아차리고 어쩐지 미안해졌다.

시간이 좀 흐른 후 그동안 살던 일산에서 서울로 이사해야 할 사정이 생겼다. 이사를 결심하면서 세어보니 일산에서 산 세월이 무려 14년이나 됐다. 대학에 가려고 고향에서 서울로 올라온 후 서울에 살았던 시간만큼이나 일산에 산 것이다. 거기다 서울에서의 시간이 주로 나의 시간이었다면, 일산에서 보낸 시간은 아이가 유치원 졸업하던 해부터 시작해서 대학에 가기까지 아이를 중심으로 흘러갔다고 생각하니 왠지 더 애틋하고 아련했다. 그 먹먹한 세월의 무게를 뒤로 하고 서울로 가야 했을 때 나를 괴롭히던 크나큰 문제 중 하나는 12살된 노묘와 힘이 넘치는 4살짜리 시바 강아지를 이삿날 옮기는 방법이었다. 반려동물들은 사람보다 이사나 여행과 같은 이동에 더 큰 스트레스를 받고 불안해한다. 어쩌면 목숨처럼 믿고 따르는 주인에게 버려지는 게 아닐까, 두려워하는 마음도 있다. 실제로 그런 일이 왕왕 발생한다고 하니 근거 없는 공포도 아닐 것이다.

거기다 내 고양이는 늙고 힘이 없어서 변화를 두려워하고, 어린 강아지는 어렸을 때부터 일산 집에서만 살아서 다른 집을 모른다. 그때까지는 이사해도 일산 안이라 어찌어찌 해결했지만, 일산에서 서울은 너무 멀다. 성격도 둘 다 까칠하고 예민하기 짝이 없어서 애견 호텔 같은 곳에 맡길 수도 없고, 친구들도 각자 사정이 있어서 맡아줄 사람이 없었다. 결국 나는 일본에서 공부 중인 딸까지 귀국시켜서 이삿날 강아지와 고양이를 데리고 펫 택시를 타고 새집으로 가는 임무를 맡기기로 했다.

그렇게 문제를 매듭짓고 이사하기 전에 정들었던 동네 친구들을 만나 차를 마시다가 문득 반려동물들의 이사 문제가 나왔다. 그동안 골머리를 앓다가 일본에 있는 딸까지 불렀지만, 이삿날 펫 택시가 때맞춰 잡힐지 고민이라는 내 말에 한 친구가 선뜻 그날 자기 차로 아이들을 서울 집까지 데려다주겠다고 제안했다. 이 추운 겨울에 꼭두새벽부터 일어나 차를 몰고 와준다니…. 생각지도 못했던 구세주의 출현에 나는 너무나 기쁘고 고마운 나머지 할 말을 잃었다. 이삿날 새벽 안

방에서 한 발짝도 나가지 않겠다며 발톱을 세우고 으르렁거리는 고양이와 무려 20분이 넘게 사투를 벌여 겨우 고양이를 넣은 이동장을 친구에게 넘겨주면서 의지할 수 있는 친구란 이렇게 소중한 존재구나, 다시 실감했다.

친구란 뭘까. 엄마가 세상의 전부였던 시절을 지나, 친구가 부르면 자다가도 벌떡 일어날 만큼 친구가 소중했던 시절도 있었다. 그러다 친구보단 애인에 푹 빠져 세상모르고 헤헤거리던 시절도 있었고, 아이를 낳아 키우며 친구를 만나는 시간은 사치라고 생각했던 시절도 있었다. 요즘 사람들의 친구에 대한 생각을 알아보기 위해 유튜브에 들어가니 친구 많은 건 오히려 정신에 문제가 있다는 증거라는 둥, 친구 다 필요 없다는 둥, 친구에 집착하지 말라는 류의 자극적인 섬네일들이 넘쳐났다. '나이 들수록 친구고 뭐고 다 필요없다. 그저 내 건강 관리 잘하면서 내가 잘 먹고 잘 살면 행복하다'는 댓글에는 좋아요가 100개 넘게 달려 있었다.

대부분 인간관계에 지친 사람들이 그런 댓글을 다는 것이라 짐작되는 한편, 친구가 없는 인생이 얼마나 삭막하고 쓸쓸한가라는 생각도 멈출 수 없다. 내가 건강한 것, 물론 중요하다. 잘 먹고 잘 사는 것, 그것 역시 지극히 중요하다. 자본주의가 맹위를 떨치는 세상에서 매달 꼬박꼬박 찾아오는 카드 결제일이 공포스러운 사람에게 친구나 우정이란 공갈빵처럼 허망한 존재일 수도 있다. 그러나 그런 순간에도 친구는 중요하다. 몇백, 몇천에 달하는 이번 달 카드값을 당장 어떻게 메울지 고민하는 상황에서 친구가 사주는 밥 한 끼를 먹고 실없는 농담을 하며 잠시 인생의 시름을 잊다 보면 잊고 있던 해결 방법이 떠오를지도 모른다. 무엇보다 인생에서 혼자가 아니라는 느낌만큼 쓰러지려는 사람을 단단히 붙들어 주는 지지대도 없다.

그런 생각을 하다가《이 지랄맞음이 쌓여 축제가 되겠지》에서 조선족 언니가 저자에게 건네는 말을 보았다. 시각 장애인인 저자는 열여덟 살 때 마흔 살의 언니를 장애인 학교에서 만나 인연을 맺었다. 그리고 10년 후 서울로 올라온 저자는 그 언니를 10년 만에 다시 만난다. 언니는 저자를 대신해 방을 구해주고, 니가 내 옆에 왔으니 이제 내가 니 애미다, 라면서 저자가 좋아하는 음식을 척척 해주며 살뜰히 보살핀다. 여기까지 읽었을 때는 단순히 저자가 인복이 많구나, 싶었는데 더 읽어보니 그럴만한 사정이 있었다. 장애인 고등학교에 다니던 시절 언니가 조선족이라는 이유로 몹쓸 소문에 시달렸을 때 저자가 그 소문을 퍼뜨린 당사자를 찾아가 혼쭐을 내준 것, 그리고 실습 나갔다 받은 초콜릿을 언니 아이에게 먹이라고 내준 것, 그 후로도 언니가 한국에서 조선족이라고 억울한 일을 당할 때마다 자기 일처럼 펄펄 뛰며 화를 내준 저자에게 언니는 마음으로 의지할 수 있었다고. 그런 저간의 사정을 알고 언니가 저자에게 한 말을 다시 읽어보니 그 의미가 새롭게 다가왔다. 들판에 홀로 서 있는 줄 알았는데 내가 남들에게 당할까 봐 눈에 불을 켜고 화를 내주는 친구가 있다니 얼마나 든든했을까. 그리고 이제는 내가 그 친구를 엄마처럼 살펴주는 사이란 얼마나 도타운가.

저자 조승리 님과 조선족 언니처럼 의지할 수 있는 친구가 한두 명만 있어도 인생은 말할 수 없이 든든해진다. 내가 암에 걸렸는데 딸은 외국에 있어 올 수 없고, 엄마는 노쇠하셔서 나의 보호자가 될 수 없을 때, 동생도 사정이 생겨 올 수 없을 때 나의 보호자가 되어줄 친구가 있다면 좋을 것 같다. 너무 아파서 이불을 둘러쓰고 끙끙거리는 나에게 죽 한 그릇 사서 찾아와 주는 친구가 있다면. 사업이 망하거나 사랑하는 이가 세상을 떠나 눈이 빠지도록 울고 있을 때 어깨를 다독여 주는 친구 하나만 있다면. 세상 모두가 날 욕할 때 내 편을 들어줄 친구 하나만 있다면 순간 나쁜 마음을 먹었다가도 다시 고쳐먹을 수 있을 것 같다. 그런 친구를 만들기 위해선 내가 먼저 그런 사람이 되어주어야겠지. 친구는 서로에게 의지가 되어주는 사람이니까. 어른의 우정이란 그런 게 아닐까.

。

사심 없는
몰두의 세계

인생에는 이런 세계도 존재했던 것이다.
목표가 없어도, 어딘가를 향하지
않더라도,
지금 이 순간에 무작정 노력하는
그 자체로 즐거운 세계가.

이나가키 에미코, 《피아노 치는 할머니가 될래》

○

　작년에 내가 쓴 소설 《오늘도 조이풀하게!》가 출간됐다. 2022년에 내가 쓴 첫 스릴러 장편 소설이 출간된 후 두 번째 장편이자 첫 청소년 소설이어서 많이 떨리고 불안했다. 50대에 들어선 내가 쓴 청소년 소설을 사람들이 얼마나 읽어줄까, 무엇보다 10대 청소년들은 공감해 줄까? 자기 이야기라고 받아들여 줄까? 한동안 그런 걱정에 잠이 오지 않았다. 그래서 한 독립 서점에서 북토크를 겸한 유튜브 촬영을 제안했을 때 감사하게 덥석 받아들였다. 촬영 시간보다 30분쯤 일찍 도착해 예쁘고 아기자기하기로 유명한 그 책방에 들어간 나는 남는 시간도 메울 겸 책장을 둘러봤다.

　그때 내 눈에 들어온 게 바로 《피아노 치는 할머니가 될래》였다. 표지 일러스트도 몽글몽글 귀여운 게 내 스타일이었고, 무엇보다 제목이 마음에 들었다. 피아노 치는 할머니, 도 아니고 그런 할머니가 되겠다니. 제목을 읽는 순간 초등학교 다닐 때 엄마에게 떠밀려 갔던 피아노 학원에서 두꺼운 뿔테 안경을 쓴 무서운 여자 선생님에게 자로 손등을 맞아가며 배우던 피아노 교습이 떠올랐다. 그래, 나도 언젠가는 그 피아노 교습의 공포를 극복하고 다시 피아노를 칠 수 있지 않을까? 나는 그 책을 사고 촬영을 마친 후 집에 돌아와 책장에 꽂아놓고서는, 까맣게 잊어버렸다. 내게 그런 책이 있다는 사실까지도.

그러다 2025년 길고도 긴 설 연휴에 끝도 없는 드라마 정주행은 좀 쉬고 책을 보자는 생각이 들어 책장을 훑던 중 이 책이 눈에 들어왔다. 아, 이 책을 잊고 있었구나. 부엌 식탁 앞에 앉아 서문을 읽다가 문득 뭔가 이상하다는 생각이 들었다. 이 작가 어딘가 낯익은데? 인터넷으로 검색해 보니 맙소사. 내가 아는 작가였다. 오랫동안 몸담았던 아사히 신문사를 50살에 때려치우고, 아프로 헤어스타일로 머리를 바꾸면서 인생까지 바꿔버린 작가, 대표작인 《퇴사하겠습니다》가 제대로 내 취향을 저격해서 두 번째 책까지 일사천리로 읽었던 바로 그 작가였다. 그 작가가 나이가 들어 이제 할머니가 되겠다는 선포까지 했구나.

어쩐지 좀 쓸쓸해지는 마음으로 책을 읽다 두 번째로 놀랐다. 자꾸 피아노 치는 할머니가 되겠다며 늙어서(!) 피아노를 다시 배우는 작가의 고충을 읽으며 킥킥 웃다가 뭔가 이상해서 다시 보니 작가가 피아노를 배우기 시작한 나이가 바로 53세였다. 아니, 뭐야. 지금 나랑 같은 나이인데 할머니가 될 준비를 하면서 자기는 늙어서 손이 굳고, 노안이 와서 악보가 안 보이고, 연습하다 보면 허리와 등이 쑤시고, 어쩌고저쩌고 불평했던 거야? 이렇게 투덜거리다 생각해 보니 이건 나에게도 해당하는 증상이었다. 나도 이제는 번역하고 글 쓰느라 타자 치다 보면 손가락에 통증이 오고, 노안은 오래전에 와서 돋보기를 안 쓰면 약병에 있는 성분 함량표도 안 보이고, 책상 앞에 앉아서 일하다 보면 온몸이 비명을 지른다. 아… 나, 늙은 거 맞는구먼. 나는 소리 없이 훌쩍거리면서도 작가의 재기 발랄한 유머에 킥킥거리며 책장을 넘겼다.

작가인 이나가키 에미코는 일본이 고도성장을 시작하던 시절, 폭발적으로 늘어난 중산층 가정의 딸로서 나처럼 엄마 손에 떠밀려 피아노 교습을 시작했고, 매일 연습을 강요하며 옆에서 매의 눈으로 감시하고 지적하는 엄마가 무서워서 결국 피아노를 그만뒀다고 했다. 일본이나 한국이나 그만두는 레퍼토리가 왜 이렇게 똑같냐. 작가는 어렸을 때 타인의 강요로 시작한 피아노가 아니라 본인이 치고 싶어서 흰머리가 자꾸 돋아나는 나이에 찾아간 교습의 즐거움과 고통을 아주 실감 나게 묘사했다. 그의 이야기에서 유독 공감이 갔던 부분은 나처럼 프리랜서로 글을 써서 생계를 지탱해야 하는 작가가 글은 안 쓰고 피아노 연습에 심혈을 기울이면서 돈 한 푼 안 나오는 일에 왜 이렇게 열중하고 있느냐고 자조하는 대목이었다.

그걸 읽다 보니 요즘 듣고 있는 수업이 떠올랐다. 나는 최근에 드라마 쓰기를 배우기 시작했다. 내 선생님은 최근에 한 OTT 채널에서 높은 시청률을 거둔 액션 드라마를 쓰신 아주 핫한 작가님이시다. 우연한 기회에 한 동료 작가가 그 드라마 작가님에게 드라마 쓰는 법을 배우게 됐다는 걸 알게 됐고, 무심결에 나도 배우고 싶다고 했다. 그때만 해도 그저 부러움의 표현이었을 뿐, 내가 정말로 적극적으로 영혼을 담아 배우고 싶다는 뜻은 전혀 아니었는데… 어느새 나는 뭔가에 홀린 것처럼 그 수업에 앉아 있었다.

6주 과정이니 뭔가 제대로 배우기보다는 한 절반 정도는 이론을 배울 것이고, 나머지 3주 동안 잘해야 시놉시스를 쓰는 정도로 배우고 끝나겠지, 라는 나의 안이한 생각도 첫 시간부터 여지없이 무너졌다. 선생님은 천사처럼 선량하고 유순한 얼굴로 매번 수강생들을 칭찬하면서도 악마처럼 우리를 밀어붙였다. 나는 울면서도 매번 숙제를 꾸역꾸역 해갔다. 그렇게 엄청 빡센 하드 트레이닝을 세 번 받고 드디어 대본을 혼자 쓰는 과정에 이르게 되자 내 안의 뭔가가 미세하게 달라졌다.

드라마를 보는 느낌이 달라졌다고나 할까. 예전에는 드라마를 볼 때면 먼저 줄거리를 따라가느라 정신없었고, 눈을 즐겁게 하는 아름다운 배우들을 보면서 미모 품평하거나, 연기

지적하거나, 작품으로서의 메시지 전달이 효과적이냐 아니냐 하는 이야기를 하며 마치 드라마 비평가처럼 따지고 들면서 쾌감을 느꼈다. 그렇게 입으로만 떠들어대던 과거와 달리 드라마 쓰기를 배우고 나니 전에 보이지 않던 점들이 하나씩 눈에 들어오기 시작했다. 이런 줄거리를 이런 장면들로 구성해서 전달하는구나. 장면 전환은 이렇게 하면 효과적이구나. 대사는 이렇게 오가는 게 좋구나. 문어체가 아니라 구어체 대사는 이런 게 다르구나. 카메라가 배경을 이렇게 훑고 지나가니 더 근사하네? 이렇게 새로 열린 감각은 놀랍고 신기했다.

마치 소설을 읽기만 하다 마침내 쓰게 되면서 읽는 소설과 쓰는 소설의 세계가 다르다는 걸 알게 됐을 때와 같은 놀라움이었다. 하지만 아무래도 정적인 소설의 세계에 비해 드라마의 세계는 굉장히 동적이기 때문에 더 새로운 점이 많았다. 무엇보다 혼자 쓰는 소설과 여러 사람이 같이 만드는 드라마는 스케일 자체가 다르다고나 할까. 나는 지극히 고통스러운 드라마 쓰기 수업에서 조금씩 희열을 느끼기 시작했다.

그런 동시에 작가 이나가키 에미코처럼 이렇게 죽을 둥 살둥 써봤자 돈 한 푼 안 나오는 대본 쓰기에 왜 이렇게 열을 올릴까, 생각해 보니 무엇보다 재미있어서였다. 그리고 부담이 없어서였다. 만약 내가 공모전에 작품을 넣어서 꼭 합격해야 한다는 막중한 부담감이 있었다면 고통만 있고 즐거움은 없었을 것이다. 그러나 순수하게 아마추어로서 잘 써도 좋지만, 못 써도 상관없다는 마음으로 쓰다 보니 재미있었다. 이렇게 배우고 써서 결국 아무 곳에도 이르지 못한다고 해도 괜찮았다. 내게 새로운 세계가 열렸다는 것 자체가 거대한 보상이니까.

하나 더 얻은 게 있다면 무작정 뛰어들어서 엉망진창으로 시도해 보는 과정에서 얻는 기쁨이었다. 젊은 날의 나에게 만약 드라마 쓰는 법을 배워보라는 제안이 왔다면 사양했을 것이다. 내 깜냥에 쓸 수 없을 거라 지레짐작하고 애써 포기했을 것이다. 마음 한가득 선망과 욕망을 가득 품은 채. 그러면서 드라마를 볼 때마다 재미가 있네, 없네 하며 지적질을 해 댔을 것이다. 내가 영원히 갈 수 없는 어떤 세계를 동경하며.

사람들은 흔히 젊었을 때 이것저것 시도해 보라고 한다. 마치 젊음 그 자체에 무한한 회복력이 있는 것처럼. 하지만 오히려 젊기에 더 두렵고 어려워서 몸이 얼어붙을 수도 있다. 새로운 세계에 잘못 발을 들여놨다가 실패하고 망신을 사고 거기다가 아까운 시간과 돈까지 낭비하느니 그냥 안전하게 내가 잘하고 좋아하는 것만 하고 싶다고 생각하게 된다. 그러나 이제 나이가 든 나는 못 해도 괜찮다고 생각하며 그냥 몸으로 부딪치고 깨지면서 배울 수 있다. 아마, 나이가 들어서 좋은 거라면 바로 이런 뻔뻔함일지도 모르겠다.

알리오올리오 스파게티라는 소울푸드

폭풍이 몰아칠 때는 붙잡을 만한 것을
찾아내서 우리 자신을 거기에
붙들어 매야 합니다.

비욘 나티코 린데블라드, 《내가 틀릴 수도 있습니다》

ㅇ

  평소 흠모하던 신부님과 인터뷰를 하게 됐다. 영화처럼 눈
이 펑펑 쏟아지던 날 나는 편집자와 함께 명동 성당으로 가
서 신부님을 뵈었다. 신부님이 황송하게도 인터뷰 전에 밥부
터 사주시겠다고 하셔서 들뜬 마음으로 따라갔더니 아주 근
사한 레스토랑에 데려가 주셨다. 나는 항상 고르는 알리오올
리오 스파게티를 골랐다. 초록 그 자체를 담은 듯한 미니 야
채 주스와 멜론에 하몽을 휘감은 샐러드까지 먹고 드디어 내
가 주문한 스파게티가 나왔다. 메뉴판에 나온 대로 새하얀 더
덕이 스파게티 위에 넉넉하게 뿌려져 있었다. 과연 어떤 맛일
까! 기대를 한껏 품은 채 포크를 들어 스파게티를 돌돌 감는
순간 경악했다.
  스파게티 속에서 통통하게 살이 찐 새우가 나온 것이다. 나
는 속으로 비명을 참으며 그걸 앞접시에 꺼내놨는데, 새우
가… 또 나온다. 그렇게 스파게티를 이리저리 파헤쳐 총 4마
리의 새우가 나왔을 때 울고 싶었다. 사실 나는 새우 알레르
기가 심해서 이런 식당에 와서 사람들과 같이 식사를 주문할
때는 잊지 않고 내 음식에 새우가 들어가는지 확인하곤 했는

데, 그날은 신부님을 만난다는 기쁨에 들떠 그만 깜박한 것이다. 결국 나는 스파게티 면을 두어 번 뒤적이다가 포크를 내려놓고 신부님에게 죄송하다고 사정을 말씀드리고 곁들여 나온 빵만 먹었다.

이쯤 되면 짐작했겠지만, 내가 좋아하는 외식 메뉴 1번은 알리오올리오 스파게티다. 흔히 알리오올리오 스파게티는 조리법의 난도에 있어서 라면과 동급이라고 하지만 사실은 그렇지 않다. 중국집에 가면 그 집의 요리 수준을 짜장면으로 가늠하는 것처럼 이탈리아 레스토랑에서는 알리오올리오 스파게티가 아마 그런 역할을 하지 않을까 싶다. 나는 몇 년 전 우연히 정말 맛있는 알리오올리오 스파게티를 먹은 후 다른 레스토랑에 갈 때마다 시켜봤는데, 처음 느낀 그 맛을 찾을 수 없었다. 집에서 몇 번 만들어 보기도 했지만 역시 그 맛은 나오지 않았다. 그 후로 완벽한 알리오올리오 스파게티를 찾아다니는 여정이 시작됐다.

그러나 이 맛의 오디세이의 가장 큰 장애물은 바로 앞의 신부님 에피소드에서도 짐작할 수 있는 것처럼 새우였다! 왜 그렇게들 스파게티에 새우를 넣는 식당이 많은지. 주문할 때 새우를 빼달라고 요청하면 불가능한 곳도 많았고, 새우를 빼고 나온 스파게티라도 내 입맛에 딱 맞는 경우는 드물었다. 그렇게 찾아다닐수록 완벽한 알리오올리오 스파게티를 향한 내 갈망은 점점 더 커졌다.

그때부터 내 입맛에 맞는 알리오올리오 스파게티 조리법을 찾기 시작했다. 많이 먹어도 죄책감이 비교적 적게 들면서 맛있게 먹을 수 있는 면들을 폭풍 검색해서 이상적인 스파게티 면을 찾아냈고(심 봤다!), 인터넷에 나온 조리법들은 다 읽어보고, SNS에 맛있어 보이는 알리오올리오 스파게티 사진이 올라올 때마다 조리법을 집요하게 물어봤다. 알고 보니 맛있는 스파게티를 만들기 위해서는 갖춰야 할 게 많았다. 페퍼론치노, 치킨 스톡, 편마늘, 품질 좋은 올리브 오일, 거기다 플러스알파로 들어가는 온갖 재료들.

나는 요리를 못 하는 편은 아니었지만 계량을 신경 써서 하기보다는 대충 감으로 하는 스타일이었는데, 이번 스파게티만큼은 철저하게 고수들이 알려준 조리 방법을 고수했다. 면은 끓기 시작하면 소금을 넣고 8분을 끓일 것. 프라이팬을 달구고 올리브 오일을 넣었다가 편마늘과 페퍼론치노를 넣고 살짝 볶아줄 것…. 이렇게 엄격하게 조리법대로 따라 한 첫 스파게티는 슬프게도 그저 그랬다. 그런데 이상하게 오기가 났다. 어쩐지 이 스파게티만큼은 마스터하고 싶었다. 그날부터 매일 저녁 스파게티를 만들어 먹었다. 때로는 스파게티에 시금치를 넣어보고, 때로는 청경채를 넣어보고, 하루는 페퍼론치노가 프라이팬에 쏟아지는 바람에 입안이 활활 타오르는 것 같은 맛의 스파게티를 울면서 먹은 적도 있었고, 치킨 스톡을 너무 넣어서 짜디짠 스파게티를 물 한 모금, 면 한 입씩 교대로 먹은 적도 있었다. 그렇게 각고의 노력을 기울인 끝에 내 입맛에 딱 맞는 스파게티가 완성됐다. 그 궁극의 스파게티를 맛본 순간 어찌나 뿌듯하던지.

그러고 나서 당분간 스파게티를 쉬어야 했다. 그동안 저녁마다 너무 열심히 스파게티만 먹은 결과 체중계 바늘이 위험할 정도로 올라간 것이다. 그렇게 잠시 스파게티와 이별했다가 뒤늦게 그 진가를 깨닫게 된 일이 일어났다. 이사 과정에서 불거지는 다양한 문제에 대처하고, 이어서 집 정리를 하면서 산더미처럼 쌓인 원고를 쳐나가다 보니 지친 나머지 무기력의 늪에 빠지고 말았다. 아무것도 하기 싫은 병에 걸려서 멍하니 있던 어느 날 나도 모르게 일어나 냄비에 물을 받아 팔팔 끓이고 스파게티 면을 삶고 있었다. 그렇게 만든 스파게티를 접시에 담아 첫입을 먹는 순간 맛있다! 라는 감탄이 절로 나왔다. 그걸 천천히 먹고 있노라니 행복하다는 생각이 들면서 비로소 우울의 늪에서 헤어 나올 수 있었다.

나중에 생각해 봤다. 나는 그날 왜 그렇게 행복했을까? 남이 만들어 준 스파게티가 아무리 맛있어도 그건 어디까지나 남의 요리다. 그 식당이 망하면 그 스파게티는 영원히 사라지고 요리사가 컨디션이 안 좋거나 재료를 안 좋은 걸 쓰기 시작하면 그 맛은 변하고 만다. 그러나 내가 만든 스파게티는 언제나 변함없을 것이다. 내가 그때 기뻤던 이유는 슬프거나 우울하거나 힘들 때 맛있는 스파게티를 찾아 방황하지 않아도 된다는 걸, 그저 팔을 걷어붙이고 부엌으로 들어가 냄비에 물을 올리고 스파게티 면을 꺼내기만 하면 된다는 걸 알았기 때문이다.

살다 보면 문제는 피할 수 없다. 그러나 어른을 가르는 기준은 바로 그 문제에 대처하는 자세가 아닐까 싶다. 내가 이상적으로 생각하는 어른은 문제에 직면했을 때 울거나 발버둥 치며 왜 나에게만 이런 일이 일어나는가, 한탄하고 푸념하는 게 아니라 팔을 걷어붙이고 문제를 해결해 가는 사람이었다. 문제 해결을 외주로 주면서 그때그때 위기를 넘기는 사람이 아니라 직접 온몸으로 부딪치며 해결해 가려고 노력하는 사람.

스파게티 하나 만들어 봤다고 너무 거창하게 말하는 것처럼 보일지도 모른다. 그러나 내 입맛에 딱 맞는 알리오올리오 스파게티 조리법을 드디어 정복해서 언제든 만들어 먹을 수 있다는 사실은 그동안 내가 무의식중에 정한 한계를 살짝 넘어 멋진 어른을 향해 한발 더 나아갔다는 의미이기도 했다. 즉 나는 알리오올리오 스파게티라는 한계에서 자유로워진 것이다. 비욘 나티코 린데블란드는 인생의 폭풍이 몰아칠 때 붙잡을 만한 걸 찾아내 거기에 나를 붙들어야 한다고 했다. 그 걸 밖에서도 찾을 수 있고 우리 안에서도 찾을 수 있다고 했는데, 나는 그걸 아마도 내 안에서 찾은 것 같다. 바로 나만의 알리오올리오 스파게티를 만들고 싶다는 내 의지에서.

적자생존,
적어야 산다

사람의 마음은 돌처럼 단단하지 않아서

무언가를 새기려면

한 번, 두 번, 세 번 보고 또 보면서

잊지 않기 위해 노력해야 하더라고요.

리니,《기록이라는 세계》

○

나는 원래 사람들의 이야기를 듣는 걸 좋아한다. 그렇다고 맥락 없이 아무 말 대잔치를 하는 사람들의 말까지 들으면서 즐거움을 느끼는 경지는 아니다. 흥미로운 인생을 살아왔거나, 나는 잘 몰라도 어쩐지 관심이 가는 분야에 몸담은 사람이거나, 유난히 매력적이거나 내공이 깊어 보이는 사람을 만날 때 그가 너무 궁금해지고 그라는 세계를 탐구하고 싶어 좀이 쑤시는 체질이다. 그런 내 취향을 잘 살리게 된 일이 바로 인터뷰였다.

처음 인터뷰 작업을 하게 된 건 순전히 우연이었다. 어느 날 얼룩소라는 이름의 인터넷 사이트(지금은 아쉽게도 문을 닫았지만)에서 제안이 들어왔다. 내가 좋아하는 주제로 글을 연재해 줬으면 좋겠다고 했다. 전에 신문 칼럼을 2년 넘게 쓴 적도 있어서 그런 제안이 딱히 부담스럽진 않았지만, 새로 글을 쓸 공간이 생긴 마당에 아무 주제로나 쓰고 싶진 않았다. 한동안 고민하다가 문득 사람들을 만나 그들의 이야기를 듣고 그걸 글로 쓰고 싶다는 생각이 들었다. 따지고 보면 오랫동안 품고 있던 꿈이기도 했다.

그렇게 나의 인터뷰 시리즈가 시작됐다. 다양한 사람들을 만나 인터뷰 작업을 진행하면서 내가 가장 절실하게 느낀 건 뭐였을까? 답은 맥이 빠질 정도로 단순하다. 바로 기록의 중요성이었다. 아니, 인터뷰 자체가 기록인데 너무 당연한 말 아니냐고 할 수도 있지만 해명을 해보자면, 인터뷰를 처음 시작했을 때는 인터뷰이에게 말의 속도를 조금만 늦춰달라고 부탁하고 상대가 하는 말을 다 타자로 받아쳤다. 그리고 집에 와서 그걸 다듬는 작업을 짧게는 서너 시간에서 길게는 하루 종일 했다. 말을 논리적으로 짧게 하는 사람의 경우엔 그렇게 인터뷰 원고를 완성할 수 있었지만, 이 말했다 저 말했다가 삼천포로 빠질 경우엔 그걸 다 받아 적는다는 게 불가능했다. 그래서 대충 요지만 타자로 치고, 녹음한 걸 클로바 노트로 풀어서 내 기록과 대조해 가며 원고를 완성하기도 했다. 최근에는 인터뷰 상대가 외국에 있어서 줌으로 인터뷰했는데, 얼마 뒤에 그 인터뷰 녹음 파일과 녹취를 푼 클로바 노트를 이용해서 인터뷰 원고를 작성하다가 충격을 받았다.

인터뷰란 게 원래 인터뷰어와 인터뷰이 두 사람이 극도로 집중해서 질문을 던지고 대답하는 과정을 기록한 것이고, 그만큼 인터뷰에 임할 때 나는 평소보다 10배는 더 집중해서 상대가 하는 말을 듣는다고 자부했다. 그런데 녹취를 푼 걸 보니 우리가 그때 이런 이야기도 나눴나? 싶은 부분이 두어

개나 나온 것이다. 거기다 내가 까맣게 잊고 있었던 그 부분이 인터뷰에서 굉장히 흥미롭고 중요한 부분이라 등골이 서늘했다.

줌 인터뷰라 일일이 기록은 하지 못해도 대화 내용은 다 내 마음에 새겨졌다고 내심 자부했는데, 내 마음은 돌이 아니라 두부보다도 더 물렁물렁했던 모양이었다. 어이쿠….

리니 작가는 《기록이라는 세계》에서 "간직한다는 말은 생각이나 기억을 마음속에 새겨둔다는 뜻인데, 사람의 마음은 돌처럼 단단하지 않아서 무언가를 새기려면 보고 또 보면서 잊지 않아야 한다"는 말로 기록의 중요성을 강조했다. 기록에 충실한 생활을 한다고 자부하는 나로서도 다시 한번 기록이 얼마나 중요한지 깨닫게 된 계기였다.

기록의 중요성을 내게 가르쳐 준 분으로 또 다른 인터뷰이가 있다. 그분을 처음 만난 곳은 인터뷰가 아닌 개인적인 모임에서였다. 그분은 우리가 커피를 마시면서 담소를 나누는 동안 가방에서 굉장히 낡아 보이는 수첩과 연필을 꺼내서 끊임없이 뭔가 적고 계셨다. 그 모습이 너무 인상적이어서 나중에 정식으로 인터뷰할 때 메모 습관에 대해 여쭤보니 다음과 같이 말씀하셨다. 그가 일본에서 유학 생활을 했을 때 처음에 일본어를 잘 못해서 항상 수첩을 들고 다니며 사람들과 하는 대화나 강의 내용을 적는 습관이 들었다고. 그 후로도 기록은 계속되었다고. 요즘은 병든 어머니를 보살피고 있는데 노모의 건강 상태 변화를 살펴볼 때 그렇게 꾸준히 기록하는 습관이 도움이 된다는 대답이 돌아왔다.

나도 기록, 하면 빠지지 않고 자랑하는 게 바로 10년 일기장이었다. 과거형으로 말한 건 쓰기 시작한 지 4년이 되자 일기장 커버가 떨어지면서 도저히 더는 쓸 수 없어져서 새 일기장을 구입했기 때문이다. 10년 가는 일기장을 찾기란 힘들 것 같아 이번에는 3년짜리 일기장을 사서 올해로 2년째 쓰고 있는데, 얼마 전 신장이 심하게 망가졌다는 의사의 말을 듣고 낙심한 나머지 한동안 일기 쓰기를 팽개쳤다. 내가 앞으로 어떻게 될지도 모르는데 그놈의 일기가 대순가, 그런 마음에서였다. 그런데 습관이란 게 참 무서워서 밤마다 자기 전에 쓰던 일기를 쓰지 않자 자기 전에 찜찜한 마음이 들기 시작했다. 결국 일주일 만에 다시 잡은 일기장에 기억을 더듬어 지난 일주일간 있었던 일을 적고, 그 김에 올해 들어 쓴 일기와 작년 이맘때 쓴 일기들을 읽어봤다.

작년 이맘때 나는 일산에서 서울로 이사할 줄도 몰랐고, 지금과는 완전히 다른 문제로 골치를 앓고 있었다. 그걸 보자 피식 웃음이 나왔다. 1년 전 나는 1년 후 내가 어디서 어떤 고민을 할지 짐작도 하지 못하고 있었다. 하지만 현재의 나는 1년 전에 나를 괴롭혔던 문제를 그럭저럭 해결했고, 일산이 아닌 서울에서 적응하는 중이었다. 그렇게 지난 일기를 읽다 보니 당시엔 거대한 벽 앞에 마주 선 것처럼 답답하고 힘들어도 시간이 흐르면서 이겨내지 못할 일은 없다고 생각하게 됐다. 마치 1년 전의 내가 지금의 나에게 힌트를 주는 것 같다고나 할까. 살다 보면 괜찮을 거라고, 걱정만큼 그렇게 큰 일은 일어나지 않을 거라고. 나쁜 일이 일어나더라도 그럭저럭 살아갈 수 있다고. 그렇게 일기장과 다시 만난 후 나는 건강에 관한 걱정을 조금씩 내려놓을 수 있었다.

문득 내가 언제부터 이렇게 아끼는 만년필로 일기를 꾹꾹 눌러쓰기 시작했을까 생각해 보니 대충 마흔 후반부터였던 것 같다. 그때부터 나는 아마도 잊어선 안 될 이야기, 놓치고 싶지 않은 아이의 성장, 세상 사람 다 몰라도 나만은 간직하고 싶은 나의 역사를 쓰고 싶었던 것 같다. 그때 일기에 대한 내 바람은 모호했지만, 기록은 뚜렷하게 남아 나의 지난 시간을 생생하게 보여줬다.

사춘기 아이와 싸우고 혼자 호수공원을 걷던 비교적 젊은 날의 나, 친구와 카페에서 케이크 하나 놓고 커피 마시며 위로받던 나, 힘든 작품의 번역을 마치고 마감을 즐기던 나. 모든 날의 내가 일기장 속에 있었다. 현실의 나는 매일 똑같은 하루를 살고 있는 것 같아도 일기장 속의 나는 세월의 풍파에 시달리면서 조금씩 둥글둥글해지는 한편으로 강인해지고 있었다. 사느라 바빠서 일기 따윈 쓸 수 없었던 청춘은 돌아보면 그저 불도저처럼 온몸으로 인생을 밀고 나가면서 실수투성이로 엉망진창이었지만, 일기를 쓰기 시작한 중년의 삶은 조금씩 나아지고 성숙해지는 과정처럼 보이기도 했다. 그것은 기록의 힘이었을지도 모르겠다. 우리의 지난 시간을 보여주면서 동시에 우리가 잊어선 안 될 소중한 것을 지켜주는 기록의 힘.

。

가끔은
도망치는 게 좋다

한편으로는 포기하는 마음도
중요하다고 생각합니다.

김지수,《다르게 걷기》

○

　20년 넘게 프리랜서로 살아오다 보니 좀 더 잘하고 싶고 효율적으로 일하고 싶어서 일잘러들의 이야기를 즐겨 찾아 읽고, 유튜브 영상도 보고, 한 분야의 프로들을 소재로 한 영화가 나오면 빠짐없이 보는 편이다. 그런 내가 인터뷰 시리즈를 시작했을 때 첫 타자로 김지수 기자이자 작가를 모신 건 어찌 보면 당연한 일인지도 모른다. 김지수 기자는 보그 코리아 피처 디렉터로 일하던 시절부터 소문난 일잘러이자 뛰어난 문장가이며 세련된 감각의 보유자로 알려져 있었으니까.

　세 시간 가까이 김지수 기자와 집중적으로 인터뷰를 하면서 인터뷰가 끝나갈 무렵 일에 관한 질문을 하나 던졌다. 오랜 세월 갈고 닦아 여성들이 바라는 업종 중 하나에서 정점에 올랐는데 그 비결이 뭔지, 특히 2, 30대 여성 직장인들에게 해주고 싶은 말이 있는지 물었다. 패션지 편집장으로 오랫동안 일했고, 그 경력을 토대로 자신의 이름을 건 인터스텔라 인터뷰 시리즈로 전 세계의 비범한 인물들을 인터뷰하며 쌓인 통찰과 자신의 경험에서 우러난 멋진 대답을 기대하며 질문한 것이다.

그런데 김지수 기자는 오히려 먼저 내게 그런 비결이 있는지 물었다. 나는 김지수 기자와 달리 평생 프리랜서로만 일한 경험을 토대로 일단 "버티라"라고 조언해 주고 싶다고 대답했다. 번역가로 데뷔하게 되면 자리를 잡게 되기까지 적어도 3년 이상의 마의 구간, 업계 용어로 죽음의 계곡을 통과하게 되는데, 그 시기가 너무 힘들어서 버티지 못하고 떠나는 사람들을 많이 봤다고. 나보다 더 재능이 많고 뛰어난 사람들도 번역을 그만둔 경우도 많고, 결국 버티고 살아남은 사람만이 지금 번역계에 있는 셈이니까. 번역을 생각하는 사람이라면, 특히 육아로 인해 경력이 단절됐는데 번역가를 꿈꾼다면 누구든 이 구간을 거쳐야만 번역을 지속할 수 있다. 대강 이런 요지의 이야기를 했다.

그러자 김지수 기자는 의외의 이야기를 했다. 자기라면 오히려 버티지 말라고 조언하겠다고. 지금 있는 회사나 조직이 자신과 잘 맞지 않는데 특별한 대안이 없고, 나가면 더 상황이 안 좋아질까 봐 버티는 건 좋지 않다고. 자신을 믿고 다른 선택지를 만들어 가는 삶을 살아야 한다는 아주 멋진 대답이 돌아왔다. 그 대답을 받아적으며 인터뷰하는 보람이 바로 이런 게 아닐까 싶었다. 나는 미처 보지 못한 세상의 진실을 새로운 각도에서 바라볼 수 있는 계기가 되는 게 바로 이런 문답이니까.

최근에 이 인터뷰집의 원고 교정을 보다가 오랜만에 발견한 김지수 기자와의 문답을 읽던 중, 포기하는 마음도 필요하다는 말을 다시 곰곰이 생각해 봤다. 문득 대학교 때 고등학교 동문회에서 만난 동창들 몇몇이 떠올랐다. 학교 다닐 때부터 유달리 머리가 좋고 성실해서 서울대에 갔던 남학생들과 여학생들. 그때부터 고시를 향해 달려왔지만 결국 10년 가까이 고시에 도전하다가 실패한 후 지금은 어디서 뭘 하고 사는지도 모르게 된 그 동창들을 생각하니 마음이 아려왔다. 그들로서는 청춘을 바친 고시를 포기하기엔 매몰 비용이 너무 크다고 생각했을 것이다. 하지만 어느 순간 좀 더 일찍 포기했더라면 좀 다르게 살 수 있었을지도 모르는데.

그런 한편으로 내 인생에서 포기하게 된 것들도 떠올랐다. 내 인생에도 굵직굵직하게 포기한 것들이 몇 가지 있었다. 가장 큰 포기는 결혼 생활이라고 할 수 있겠다. 10년간 한 결혼 생활이 아무리 발버둥을 쳐도 나와 맞지 않는다는 사실을 발견했을 때 결국 그 결혼을 포기했다. 요즘은 〈이혼보험〉이라는 드라마가 나올 정도로 이혼이 흔한 시대가 됐지만, 그래도 이혼은 한 개인의 삶에서 지진과 같은 거대한 영향을 불러일으키는 중대한 결정이다. 그래도 포기해서 나는 더 나답게 살 수 있었고, 결과적으로 더 행복해졌다.

또 다른 포기는 통역대학원을 포기한 것이다. 매번 2차 실

기시험에서 떨어진 후(두 번째 시험 볼 때는 무려 만삭의 몸으로 시험장에 나갔다) 아무래도 나는 이쪽과는 인연이 없나보다고 생각하고 그만뒀다. 그런데 인생은 참 알 수 없어 나는 어느 새 20년이 넘게 번역을 하고 있고, 가끔 통역도 불러주면 나가서 하고 있다. 뭔가를 이루는 데 한 가지 방법만 있는 게 아니며 때로는 빠른 포기가 오히려 더 빠르게 목적지를 향해 나아가는 길일 수도 있다는 걸 알게 된 셈이다.

내 인생에서 두 가지 예를 들었지만 사실 자잘한 건 셀 수 없이 많을 것이다. 결국 인생이란 우리가 하는 수많은 선택과 셀 수 없는 결정으로 이뤄져 있으니까. 그렇게 뭔가를 선택하고 결정하는 과정에서 끝내 이루지 못하고 포기하게 되는 것들도 적지 않고. 다만 반백 년이 넘게 살아오면서 알게 된 이치 중 하나는 빠르게 해보고 빠르게 포기하면서 내 인생에서 나와 맞지 않는 것, 나에게 필요 없고 중요하지 않은 것들을 솎아내는 과정을 반복하다 보면 어느새 내 삶의 정수에 가까워지는 것들만 남게 된다는 것이다. 그리고 어떤 것이 속 빈 강정 같고, 또 어떤 것은 알맹이가 꽉 찬 진짜배기인지 분별하는 안목도 조금씩 늘어나게 된다. 그것이 나이 들어가는 것의 장점이 아닐까 싶다. 젊었을 때 다양한 스타일을 시험해 보고, 다양한 일을 시도해 보고, 다양한 관문에 도전해 본다. 그러면서 나와 맞지 않는 스타일은 버리고, 나와 맞지 않는 일은 그만두고, 나를 받아주지 않는 곳은 포기하게 된다. 그 과정에서 가장 큰 수확은 바로 내가 어떤 사람인지 알아가는 것이다. 바로 나라는 자산이 생기는 것이다.

그렇다면 그게 과연 맞는 판단이었는지 어떻게 확신하느냐고? 그때 그걸 포기한 게 정말 옳은 선택이었는지 어떻게 아느냐고? 그건 아마도 가슴이 가장 잘 알려주지 않을까. 정말 진심을 다해 시도했는데도 이게 아니라는 느낌이 왔다면, 아무리 노력해도 내가 넘을 수 없는 벽이 존재한다면, 더 정확하게 말해 넘고 싶지 않은 벽이 있음을 자각하게 되는 순간이 된다면 포기해도 된다. 나이가 든다는 것은 어쩌면 버텨야 하는 순간과 포기해야 하는 순간을 알아내는 감각이 노련해진다는 것일지도 모른다. 그러니 김지수 기자의 말처럼 때로는 포기하고 도망쳐 보자. 어쩌면 그게 내가 원하는 목적지로 가는 지름길일지도 모른다.

참고 도서

강은경, 《아이슬란드가 아니었다면》, 어떤책, 2017

공지영, 《네가 어떤 삶을 살든 나는 너를 응원할 것이다》, 해냄, 2016

곽세라, 《앉는 법, 서는 법, 걷는 법》, 쌤앤파커스, 2018

권여선, 《안녕 주정뱅이》, 창비, 2016

김교석, 《아무튼, 계속》, 위고, 2017

김혜남, 《생각이 너무 많은 어른들을 위한 심리학》, 메이븐, 2023

김희경, 《이상한 정상가족》, 동아시아, 2022

나카야마 시치리, 이정민 역, 《안녕, 드뷔시》, 블루홀식스, 2019

랠프 엘리슨, 조영환 역, 《보이지 않는 인간》, 민음사, 2008

롤프 도벨리, 유영미 역, 《불행 피하기 기술》, 인플루엔셜, 2018

리니, 《기록이라는 세계》, 더퀘스트, 2025

모리 히로시, 홍성민 역, 《기시마 선생의 조용한 세계》, 작은씨앗, 2013

모야 사너, 서제인 역, 《어른 이후의 어른》, 엘리, 2023

박산호, 《다르게 걷기》, 오늘산책, 2025

박준, 《운다고 달라지는 일은 아무것도 없겠지만》, 난다, 2017

박총, 《읽기의 말들》, 유유, 2017

비욘 나티코 린데블라드, 박미경 역, 《내가 틀릴 수도 있습니다》, 다산초당, 2024

야마나 유코, 정은지 역, 《입버릇을 바꾸니 행운이 시작됐다》, 예문아카이브, 2018

에릭 호퍼, 방대수 역, 《길 위의 철학자》, 이다미디어, 2014

에밀 아자르, 용경식 역, 《자기 앞의 생》, 문학동네, 2013

오프라 윈프리, 송연수 역, 《내가 확실히 아는 것들》, 북하우스, 2014

요시모토 바나나, 김난주 역, 《어른이 된다는 건》, 민음사, 2015

우석훈, 《매운 인생, 달달하게 달달하게》, 메디치미디어, 2018

우에노 지즈코, 나일등 역, 《느낌을 팝니다》, 마음산책, 2016

은유, 《싸울 때마다 투명해진다》, 서해문집, 2016

이나가키 에미코, 박정임 역, 《피아노 치는 할머니가 될래》, 알에이치코리아,
　　2022

이숙명, 《혼자서 완전하게》, 북라이프, 2017

장영희, 《삶은 작은 것들로》, 샘터, 2024

정문정, 《무례한 사람에게 웃으며 대처하는 법》, 포레스트북스, 2023

제이슨 르쿨락, 박산호 역, 《임파서블 포트리스》, 박하, 2018

조승리, 《이 지랄맞음이 쌓여 축제가 되겠지》, 달, 2024

조준호, 《잘 넘어지는 연습》, 생각정원, 2017

존 맥스웰, 박산호 역, 《어떻게 배울 것인가》, 비즈니스북스, 2014

최진영, 《어떤 비밀》, 난다, 2024

츠즈키 쿄이치, 김혜원 역, 《권외편집자》, 컴인, 2017

크리스티아네 취른트, 오승우 역, 《실패의 향연》, 들녘, 2007

하지현, 《대한민국 마음 보고서》, 문학동네, 2017

히사이시 조, 《나는 매일 감동을 만나고 싶다》, 샘터, 2016

어른의 문장들

혼들리는 이들에게 보내는 다정하지만 단단한 말들

1판 1쇄 인쇄 2025년 5월 30일
1판 1쇄 발행 2025년 6월 10일

지은이 박산호
펴낸이 김성구

책임편집 이은주
콘텐츠본부 고혁 양지하 김초록 류다경
디자인 이영민
마케팅부 송영우 김지희 강소희
제작 어찬
관리 안웅기 이종관 홍성준

펴낸곳 (주)샘터사
등록 2001년 10월 15일 제1-2923호
주소 서울시 종로구 창경궁로35길 26 2층 (03076)
전화 1877-8941 | 팩스 02-3672-1873
이메일 book@isamtoh.com | 홈페이지 www.isamtoh.com

ISBN 978-89-464-2309-1 03810

• 값은 뒤표지에 있습니다.
• 잘못 만들어진 책은 구입처에서 교환해 드립니다.

샘터 1% 나눔실천

샘터는 모든 책 인세의 1%를 '샘물통장' 기금으로 조성하여 매년 소외된
이웃에게 기부하고 있습니다. 2024년까지 약 1억 1,650만 원을 기부하였으며,
앞으로도 샘터는 책을 통해 1% 나눔실천을 계속할 것입니다.